Domane Asmên
Kinder des Himmels

Von AliRıza Kemera-Asmên

Dieses Projekt konnte in Zusammenarbeit mit der
Unruhe Privatstiftung entstehen.
Der Erlös dieses Buches geht an ein Projekt in Dersim für den
Wiederaufbau eines Bergbauerndorfes.
Spenden auf das Konto Nr. 52068532593 lautend auf AliRıza Göktas
bei der Bank Austria BLZ 12000
IBAN: AT43 1200 0 52068532593

Impressum

© 2008 AliRıza Kemera-Asmên

Grafik & Layout: Grafdwerk, Barbara Schneider-Resl & Anna Gruber
Druckerei: Janetschek
Papier: Claro Bulk 100g/qm
Schrift: ATRotisSansSerif
Illustrationen: Hüseyin Isik
Transkription: Monika Vyslouzil
Texterstellung: Danila Mayer
Überarbeitung: Hagen Ernstbrunner & Alexandra Faustenhammer
Lektorat: Paul Daniel & Beate Leyrer

Herrausgegeben von Grenzenlos St. Andrä-Wördern
ISBN 978-3-9502693-0-7

Domane Asmên
Kinder des Himmels

Von AliRıza Kemera-Asmên

Dass dieses Buch zustande gekommen ist, habe ich vielen lieben Menschen zu verdanken.

Mein ganz besonderer Dank gilt

Monika Vyslouzil, die mich bei meinem Vorhaben als erste unterstützt und mich ermutigt hat, meine Geschichte auf Tonband zu erzählen. Sie hat in mühevoller Arbeit die Aufnahmen transkribiert.

Danila Mayer, die mit diesen Texten viele schlaflose Nächte verbrachte, um aus dem Stoff und unseren vielen zusätzlichen Gesprächen dieses Buch zu verfassen.

für die achtsame Bearbeitung und Erstkorrektur Alexandra Faustenhammer und Hagen Ernstbrunner,

für das sorgfältige Lektorat Paul Daniel und Beate Leyrer,

Hüseyin Isik für seine feinfühligen, künstlerischen Illustrationen und Zeichnungen.

Barbara Schneider-Resl und Anna Gruber, für das schöne Layout, für Grafik und Organisation,

der Unruhe Privatstiftung für ihre finanzielle und ideelle Unterstützung,

Frau Elisabeth Wallner und ihrem Team, die mir den Präsentationsraum der Städtischen Büchereien Wien Meidling zur Verfügung gestellt haben.

Und nicht zuletzt meiner Frau Karin, meinen Töchtern Roja und Avîn, meinen Familienangehörigen und FreundInnen, die mir in dieser Zeit beigestanden sind, mich ausgehalten und unterstützt haben.

Kemera-Asmên AliRıza

INHALT

Vorwort	8
Glückliche Kindheit im Dorf	14
Von Familie und Freunden	20
Festtage	26
Mein Leben bekommt Sprünge	29
Die Tiefe der Jahre	32
In die Stadt	43
Weiße Farbe auf der Mauer	57
Ich stürze ...	67
Es endet nicht	79
In die Berge?	116
Den Marschbefehl in der Tasche	118
Mein Sohn, du hast Glück gehabt...	123
Istanbul, die Metropole	126
Asyl in Österreich	134
Literaturliste	144
Bildteil	145

Ich (rechts) mit Schwester Adile (links) sowie Neffen und Nichte

Ich versuche, meine Geschichte zu erzählen.
Seit Jahren träume ich, träume von meiner Kindheit,
träume von meinen Erlebnissen
und meiner Sehnsucht.

Ich möchte meine Geschichte erzählen,
mir fehlt die Sprache.
Ich konnte nicht weiterschreiben
von meiner Sehnsucht.

Ich konnte nicht mehr.
Meine Gefühle sind stehen geblieben.
Ich konnte nicht weiterschreiben
von meiner Sehnsucht.

Ich möchte meine Geschichte erzählen.
Es sind viele Jahre vergangen.
Ich möchte meine Geschichte
meinen Kindern schenken.

... und den Kindern der Zukunft in Kurdistan

Vorwort

Viele Gründe haben mich bewogen, dieses Buch zu schreiben und herauszugeben. Im Rahmen des Themas »Verteilung im 21. Jahrhundert« ist gemeinsam mit der Unruhe Privatstiftung das vorliegende Buch entstanden. Mit der Unterstützung von FreundInnen ist das Buch endlich Wirklichkeit geworden.

Seit dem 19. Oktober 1985 lebe ich in Österreich.

Ende der 80er, Anfang der 90er Jahre besuchte ich die Wiener Universität und kurdische Vereine. Aus dem Bedürfnis heraus, mit den Menschen in Österreich zu reden und zu diskutieren, lernte ich schnell die deutsche Sprache. Bekannte und FreundInnen regten mich an, meine Gedanken und Erfahrungen auf Deutsch niederzuschreiben. Dies war für mich nicht so einfach. Da in den Monaten im Folterzentrum meine Aufzeichnungen gegen mich verwendet worden waren, war es mir nicht mehr möglich, etwas zu Papier zu bringen. Durch den Verlust an Vertrauen hatte ich eine innere Blockade, etwas von mir schriftlich preiszugeben. Dies war besonders anstrengend während meiner Ausbildung zum Sozialpädagogen. Wann immer ich etwas zu schreiben hatte, musste ich mit meiner Schreibhemmung kämpfen.

Im Herbst des Jahres 2002 wurde meine Auseinandersetzung mit dem Aufschreiben meiner Geschichte intensiv. Durch die Arbeit an den Texten entstand innere Klarheit.

Das Reden machte mir keine Probleme. Es ist eine große Freude für mich, seit der Geburt meiner Töchter Roja und Avin mit ihnen meine Muttersprache sprechen zu können. Dies ist für mich sehr wichtig, und es hat auch etwas mit der Entstehung dieses Buches zu tun: Ich konnte viel aus meiner Kindheit und meinem Leben auf Kurdisch erzählen.

Trotz allem, was geschehen ist und noch immer geschieht, gebe ich dort, wo auch immer ich lebe, meine ganze Kraft für ein friedliches Zusammenleben der Menschen. Damit führe ich die Tradition meiner Familie und Vorfahren weiter, die keinen Wert auf das Sammeln von Reichtümern, aber großen Wert auf zwischenmenschliche Beziehungen legten.

In vollem Bewusstsein, was dieses Buch auslösen kann und wird, schreibe ich von meinen persönlichen Erlebnissen und Ansichten und schneide viele Themen an. Trotz vieler unterschiedlicher Sichtweisen und »Wahrheiten« ist endlich Zeit für Frieden und Versöhnung. Zerstören geht schnell - Aufbauen braucht Zeit, Mühe und die Bereitschaft, sich mit verschiedensten Gefühlen auseinander zu setzten.

Die Türkei ist ein Vielvökerstaat, reich an Kulturen, Sprachen und Religionen. Aber leider werden von einigen Seiten Konflikte geschürt und verschärft. Der Reichtum dieses Land steht nicht allen Menschen zur Verfügung, wirtschaftliche Vorteile werden einseitig und kurzfristig angestrebt.

Ich wünsche mir, dass sich dies ändert - Lösungen sind möglich. Eine neue Sprache ist nötig, die Sprache der Macht muss verlassen werden! Wir brauchen eine Sprache des Miteinanders und des Friedens! Gewalt, Wut und Ärger sind menschlich, aber wir müssen gemeinsam endlich einen Weg finden, anders damit umzugehen.

Alles, was in diesem Buch geschrieben steht, habe ich in mir gesammelt, bis es so weit war, dass ich es aussprechen konnte. Ich hoffe, dass dies zum Verstehen beiträgt und zu Vergangenheitsbewältigung und konstruktiver Auseinandersetzung anregt. Es ist kein Buch der Rache, sondern es soll beitragen zur Versöhnung der Betroffenen, der Opfer und der Verantwortlichen.

AliRıza Kemera-Asmên

Nicht was wir gelebt haben, ist das Leben, sondern das, was wir Erinnern und wie wir es Erinnern, um davon zu erzählen.
(Gabriel García Márquez, aus: Leben, um davon zu erzählen)

Für mich drückt dieser Satz das aus, was unser menschliches Dasein von dem anderer Lebewesen unterscheidet: wir können durch unsere Sprache, Vergangenheit und Zukunft vom Gegenwärtigen differenzieren und ausdrücken. Die Erinnerung mit all ihren Bildern, Gedanken, Gefühlen ist subjektiv und hat nicht den Anspruch einer einzigen Wahrheit – die es meiner Meinung nach auch nicht gibt. Sondern es scheint vielmehr eine Strategie zu sein, das zu behalten, was von Bedeutung ist, vielleicht auch das, was erträglich ist.

Als ich Reza 1992 in Deutschland bei dem internationalen friedenspolitischen Seminar »Grenzüberschreitungen« kennen lernte, wusste ich sehr wenig über die kurdische Geschichte, außer dem, was ich damals in friedenspädagogischen Seminaren an Schulen im Zusammenhang mit dem Irakkrieg und seinen Folgen SchülerInnen zu vermitteln versuchte.

Durch Rezas Erzählungen in einem der Arbeitskreise wurde mir bewusst, welchen Unterschied es macht: von der Geschichte eines Volkes, seiner Lebensweise, Unterdrückung und Verfolgung zu lesen ist eine Sache. Einen andere ist es, sie verknüpft mit einer Person zu erleben, die dir gegenüber sitzt und einen Teil dieser Geschichte verkörpert.

Ich erinnere mich auch noch an Jorge, einen Chilenen, der in unserer Runde war, und der es gerade geschafft hatte, nach Europa zu kommen, um hier seine körperlichen Folterspuren zu heilen.

Doch wie lange dauert es, die seelischen Wunden zu heilen? Wie viel kann ein Mensch ertragen? Und woran liegt es, dass er sich für das Leben an sich entscheidet?

Die Antworten auf diese Fragen habe ich im Laufe der letzten 17 Jahre erhalten, die ich gemeinsam mit Reza bisher gehen durfte.

Seine Geschichte zeigt mir einmal mehr, dass die Wurzeln einer starken Persönlichkeit und der Wille und die Kraft, nicht aufzugeben – auch wenn die Lebensbedingungen noch so unmenschlich und eigentlich über unsere Vorstellungskraft gehen – in der Kindheit liegen, in einer emotional freundlichen, stabilen und liebevollen Beziehung, einem Umfeld, das dich als Menschen willkommen heißt.

Diese unbeschwerte Kindheit, das Leben im Dorf wird im ersten Teil des Buches beschrieben. Es kann vielleicht unsere Klischees über ein Land, von dem wir immer nur Kriegsberichte hören, weinende Flüchtlingskinder und Menschen mit traurigen Augen sehen, ein wenig aufweichen.

Es ist der Versuch, die Vergangenheit offen zu legen, das Wesentliche unseren Kindern weiterzugeben: die Vater- und Muttersprache, die Liebe zu Menschen und Tieren – ein respektvoller Umgang mit ihnen und mit der Natur. Dazu gehört auch, Verantwortung für das eigene Tun zu übernehmen und dort wo Unrecht geschieht nicht wegzusehen.

Auf unserer letzten Reise vor drei Jahren in Rezas Heimat, hat unsere jüngste Tochter bei jedem Militärkontrollposten gefragt, warum es hier so viele Grenzen gäbe? Und gegen welches Land denn die Militärs kämpfen würden? Warum die Kinder nicht mehr Kurdisch sprächen, wenn sie doch in Kurdistan lebten?

Hochpolitische Fragen, die eine kindgerechte Antwort verlangten – aber wir hatten viel Zeit, bis alle Pässe, alle Männer von oben bis unten mit hochgehaltenen Armen bei 38°C Sommerhitze durchsucht waren, bevor unser Bus weiterfahren durfte.

Politische Bewusstseinsbildung ist in Zeiten wie diesen für uns besonders wichtig: Damit meine ich Veränderungen in der Haltung gegenüber Menschen anderer Herkunft – auch in diesem demokratischen Österreich, die uns zunehmend Sorgen macht – gegenüber sensibel zu sein.

Die starke Entsolidarisierung unserer Gesellschaft, die Gehirnwäsche mit Konsumgütern und Ersatzreligionen trägt dazu bei, in einen politisch komatösen Zustand zu verfallen.

Wir hoffen, dass wir als Familie nicht eines Tages mit der Frage konfrontiert werden, ob wir aufgrund unserer Herkunft und Biografie in diesem Land leben dürfen oder nicht.

Karin Burtscher

Ich kenne AliRıza seit ungefähr zehn Jahren. Immer wieder hat er davon gesprochen, dass er den Teil seiner Lebensgeschichte, den er in seinem Herkunftsland erlebt hat, gerne für seine Kinder, für alle Kinder Kurdistans festhalten möchte. Es sind dazwischen Monate, Jahre vergangen, bis wir wieder geredet haben. Da ich selbst als qualitative Sozialforscherin daran gewöhnt bin, Geschichten auf Band aufzunehmen und zu transkribieren, habe ich ihm das vorgeschlagen und dann auch ein Tonband geborgt. AliRıza hat viele Kassetten besprochen, deren Text ich in der Folge möglichst unverändert abgeschrieben habe.

Auf den Kassetten hörte ich nicht nur die Geschichten, sondern auch die Emotionen, die sie bei AliRıza beim Erzählen ausgelöst haben. Es war für mich eine Auszeichnung, dass er mir soviel Vertrauen entgegen gebracht hat, dass ich seinen Schmerz und seine innere Bewegung miterleben durfte. Es war nicht immer ein einfacher Prozess.

Der Plan war, aus dem Rohtranskript ein Buch zu machen. Leider ist genau zu dieser Zeit die Beziehung zu meinem Partner zerbrochen, der ebenfalls aus Kurdistan stammt, und die Kombination aus persönlicher Trauer, gepaart mit der Schwierigkeit, mich von dem ursprünglichen Text von AliRıza zu entfernen, machte es für mich unmöglich, einen für Außenstehende ausreichend strukturierten Text zu verfassen. Ich bin sehr froh, dass Danila diesen Part übernommen und ergänzt durch ihr Wissen das Projekt zu Ende geführt hat.

Ich habe die Geschichte nun schon in mehreren Versionen gelesen – das Grauen verliert nie an Schrecken, und die persönliche Betroffenheit flaut nicht ab. Ich bin dankbar dafür, dass ich zum Freundeskreis von AliRıza gehöre, einem Menschen, der Toleranz und Menschlichkeit lebt und sich um ihre Verbreitung bemüht.

Monika Vyslouzil

Man sucht sich das Land seiner Geburt nicht aus,
und liebt doch das Land, wo man geboren wurde.

Man sucht sich die Zeit nicht aus, in der man die Welt betritt,
aber muss Spuren in seiner Zeit hinterlassen.

Seiner Verantwortung kann sich niemand entziehen.

Niemand kann seine Augen verschliessen, nicht seine Ohren,
stumm werden und sich die Hände abschneiden.

Es ist die Pflicht von allen zu lieben,
ein Leben zu leben,
ein Ziel zu erreichen.

Wir suchen den Zeitpunkt nicht aus, zu dem wir die Welt betreten,

aber gestalten können wir diese Welt,
worin das Samenkorn wächst,
das wir in uns tragen.

(Gioconda Belli, aus: »Wenn du mich lieben willst«, Peter Hammer Verlag)

Glückliche Kindheit im Dorf

Im Frühling, wenn es langsam wärmer wurde, die Blumen zu blühen und die Pflanzen zu wachsen begannen, wenn der Sommer sich näherte, die Tage länger und heißer wurden, die Schule langsam zu Ende ging, wenn die Tiere besseres Futter brauchten, und die Felder des Dorfes beackert werden sollten, dann gingen wir auf die Alm.
Im Dorf blieben im Sommer nur wenige, die Älteren und Schwächeren. Sie bauten Getreide, Gemüse und Obst an. Mit den Tieren zog man auf die Alm, sogar mit den Hühnern. Im Sommer spielte sich das ganze Leben auf der Alm ab. Da gab es Häuser mit Dächern aus Eichenzweigen, die Mauern waren aus Steinen und Holz. Andere hatten große Zelte, Nomadenzelte aus Ziegenhaar, schwarze, rote, weiße und braunrote. Die Zelte wurden aus dem Dorf mitgenommen und auf der Alm aufgestellt.
Im Wald gab es versteckte Felsen. Dort gingen wir mit den Tieren hin und spielten. Wir brachten die Tiere auch auf die Weide, wir liebten unsere Tiere! Wenn sich eine Ziege verletzt hatte oder starb, weinten wir, und wir weinten auch, wenn ein Huhn zu Schaden gekommen war. Auf den sonnigen Wiesen trafen wir unsere Verwandten, unseren Großvater, die Cousins, Cousinen, Onkel und Tanten. Wir verbrachten viel Zeit miteinander. Abends sammelten wir die Tiere wieder ein und brachten sie heim zum Melken. Auf unserer Alm hatten wir einen richtigen Dorfplatz mit Häusern aus Steinmauern und Holzbalkendächern, die mit Eichenlaub gedeckt waren. Die Zelte standen im Kreis rundherum. Das Leben war frei und ungezwungen, auch die Häuser standen allen offen. Am Abend saßen wir beisammen, es wurde Feuer gemacht, Cay zubereitet und wir kochten und aßen gemeinsam. Die Pferde zogen frei umher und suchten ihr Futter selbst. Wir sammelten den Sommer über Kräuter, Pilze, Blüten und Früchte des Waldes und der Wiesen. Die Heilpflanzen, die es dort in großer Vielfalt gab, trockneten wir für den Winter. Wir schnitten auch Eichenzwei-

Onkel Qumo

ge als Winterfutter für die Ziegen. Diese wurden im Wald zwischen zwei Bäumen auf hölzernen Gestellen aufgeschlichtet. Oft waren sie bis zu dreizehn Meter hoch. Welch ein Spaß für uns Kinder, hinaufzuklettern und das Futter herunterzuholen! Auf der Alm machte man Käse, Butter und Topfen. Den Käse aus Buttermilch konnte man trocknen und im Winter Do damit machen. Man brauchte ihn nur in warmes Wasser zu geben und ein bisschen zu schütteln. Die Milchprodukte haben wir in Lederbeuteln aufbewahrt, die Butter auch in Holzgefäßen.

Schon im Frühling, nach der Schneeschmelze, wenn alles wieder zu grünen begann, gingen wir in die Berge um die Pflanze Kenger zu sammeln. Sie ähnelt einer großen, gelben Distel. Ihr Stängel wird bei der Wurzel angeschnitten, der ausfließende milchige Saft gesammelt. Nach ein paar Tagen in der Sonne entsteht daraus eine Art Naturkaugummi – Vilenci – von dem wir Kinder begeistert waren.

Wir lebten mit den Tieren. Aus Respekt vor den Tierwelt war das Jagen und Fischen verboten. Es gab Menschen, die sich nicht daran hielten: Man kritisierte Leute, die Bergziegen geschossen, Hasen gejagt oder Fische gefangen hatten. Wir aßen viel Getreide – Weizen, Dinkel, Hirse, Gerste, Buchweizen, Hafer und Mais, frisches und getrocknetes Obst, und ab und zu, bei besonderen Gelegenheiten, auch ein wenig Fleisch. Ein Teil des Fleisches wurde für den Winter eingesalzen und getrocknet. Auch eine Art Schmalz aus dem Bauchnetz und dem Fettsteiß der Schafe wurde gemacht, darin wurde das Fleisch aufbewahrt. Es gab Eintopf aus Bohnen und Fisolen, manchmal war ein bisschen

Mein Vater   Cousin Metin

Fleisch dabei. Ja, für Gäste und zu bestimmten Feiertagen haben wir geschlachtet. Aber das war immer mit eigenen Ritualen verbunden. Das zum Schlachten bestimmte Opfer wurde früh ausgewählt, auf sorgsame Weise großgezogen, gefüttert und beachtet, auch in der Herde. Wir Kinder hüteten die erwählten Tiere und führten sie auf besondere Weiden, auf gute Futterplätze, wo nicht alle Tiere grasten. Man ging gut mit ihnen um und verwöhnte sie wie Haustiere.

Außerhalb des Dorfes, in Almnähe, gab es mehrere Kultstätten mit heiligen Bäumen (»Jiari«). Dies waren Orte der inneren Einkehr, dort wurde gebetet, meditiert, Rituale wurden abgehalten und auch, unter Einhaltung bestimmter Verhaltensweisen, geschlachtet. Am Tag der Schlachtung wurde vom Opfertier Abschied genommen. Dabei gaben wir einander innerlich gute Wünsche mit, und alle Menschen des Dorfes begleiteten das Tier zum Jiar. Wenn sich das Tier auf dem Weg dorthin weigerte oder weg lief, wurde dieses nicht genommen. Niemals wurde ein Tier zum Jiar hingeschleift. Am Jiar, nach der Schlachtung, wurde uns mit ein bisschen Blut ein Zeichen auf die Stirn getupft. Danach wurde gemeinsam gekocht und gespeist in festlicher Stimmung.

So konnten wir als Kinder das Schlachten akzeptieren. Unsere eigenen Tiere, die von uns Kindern, durften nicht geschlachtet werden. Bei uns bekam jedes Kind ein Tier geschenkt. Wenn ein Lämmchen, ein Kälbchen geboren wurde, ist es einem Kind übergeben worden.

Unser Vater hatte auch Pferde. Die schönsten waren die Araberpferde zum Reiten und Reisen. Bei uns im Dorf gab es nur eines. Die anderen, die Nutzpferde, wurden zum Lastentragen gebraucht. Im Dorf hatte fast jeder ein Pferd oder ein Maultier, Qatir. Die Pferde wurden mit Kelims geschmückt, die die Frauen selber geknüpft hatten.

Schwester Xatun   Schwester Gûle   Nichte Ipek   Tante Yildê

Meine Kindheit im Dorf und auf den Almen war herrlich – eine Zeit des Glücklichseins, in der ich frei lebte, draußen vor dem Haus mit Wasser spielte, rannte, auf Bäume kletterte, in die Felder ging, mit dem Vieh auf die Alm zog und mit den anderen, älteren Kindern in den Wald ging, um Feuerholz zu sammeln und nach Hause zu tragen.

Wir hatten als Kinder eigene Beete oder auch kleine Getreidefelder bekommen. Darin zogen wir Gurken, Tomaten, Melanzani, Fisolen, Paprika, Kürbisse, Jungzwiebel, Kichererbsen, Kartoffel, Salat und Kräuter. Auch Obstbäume waren dabei: Äpfel, Zwetschken, Pfirsiche, Maulbeeren, Nüsse, Birnen und Ringlotten. Unsere Getreidefelder pflügten, besäten und bewässerten wir selber. Unser Vater baute für uns Geräte, kleine Pflüge. Wir haben den Erwachsenen abgeschaut, wie sie arbeiteten – für uns war das ein Spiel. Dann ernteten wir selbst und waren sehr stolz auf die Früchte unserer Felder. Mit dem Getreide fütterten wir unsere Lieblingstiere. Wir kümmerten uns sehr um sie, brachten sie zum Melken und halfen dabei mit.

Gemolken haben wir in Kupferkessel. Diese wurden in unserer Gegend erzeugt, in Erzingan, einer berühmten Kupferstadt. Tassen, große Gefäße und Pfannen wurden dort handgefertigt. Durch das Erhitzen und Scheuern der Melkkessel nützte sich die innere Verzinnung im Laufe der Zeit ab. Aus diesem Grund wurden die Kessel alle zwei Jahre neu galvanisiert. Zuerst säuberte man innen die Gefäße, dann gab man sie dem Galvaniseur, der aus der Stadt oder der Umgebung kam und von Dorf zu Dorf zog. Auch einer meiner Cousins war Galvaniseur. Für diese Arbeit wurde kein Geld gegeben, sondern Ware. Wir kannten Geld eigentlich gar nicht. Ging man in die Stadt, um etwas zu besorgen, nahm man junge Ziegenböcke, Schafböcke, Butter oder Käse mit und tauschte damit Waren nach Bedarf ein. Es war allerdings auch möglich, die Tiere dort am Markt zu verkaufen und dann mit dem Geld zum Beispiel die Kessel zu besorgen. Aber meistens tauschte man Arbeit gegen Arbeit oder Ware gegen Arbeit. Es kamen Leute zu uns, um auf den Feldern beim Säen und Ernten zu helfen. Dafür erhielten sie Heu, wenn sie es brauchen konnten, Ziegen oder ein Kälbchen. So war es bis in die Siebziger-Jahre. Meine Großeltern und meine Eltern haben immer so gelebt. Bei uns gab es wenige Möbelstücke, aber Teppiche und Pölster, die unsere Mutter selbst geknüpft hatte. Die Kelims und die Cacim waren unser Reichtum. Auf dem Dorfplatz baute meine Mutter ihren Knüpfrahmen auf. Dazu wurden vier Holzpflöcke in die Erde getrieben bis nur mehr ungefähr 60 cm heraus standen. Die Pflöcke bildeten ein Rechteck von 70 cm mal 600 cm. Über die Querverstrebungen an den Schmalseiten und den Webkamm wurden die Kettfäden gespannt. Das bereits gewebte oder geknüpfte Stoffgut wurde auf der oberen Querverstrebung, dem Warenbaum, aufgerollt. Meine Mutter war Knüpfmeisterin und beherrschte viele Muster und Techniken. Sie gab ihr Wissen um die Knüpf- und Webtechniken an andere weiter und erhielt dafür Wolle oder etwas anderes. Sie verwendete Wolle von schwarzen, braunen und von weißen Schafen, um eine einfache Musterung zu erzeugen. Die Schafwolle kam ziemlich sauber von der Schur, denn die Schafe wurden davor im Fluss gründlich gewaschen. Dann wurden die Tiere geschoren. Nach der Schur wurde die Wolle dann nochmals gewaschen.

Die Frauen färbten die Wolle auch mit verschiedenen Pflanzenfarben, mit Rinde vom Nussbaum und anderen Bäumen oder mit Zwiebelschalen. Gruppen von Färberinnen zogen von Dorf zu Dorf. In jedem Dorf gab es eine Zeit zur Wollverarbeitung und zum Färben. Die Dorfbewohner trafen sich, und eine Woche lang wurde gearbeitet. Dann gingen die Färberinnen ins nächste Dorf. Dauerte das Wollverarbeiten und Färben länger, kamen alle, die es lernen wollten und brachten ihre Wolle mit. Es war eine sehr aufwändige Arbeit: Man musste in großen Mengen färben. Die Wolle wurde in drei bis vier großen Kupferkesseln über offenem Feuer mit der Farbe gekocht. Durch das Hinzufügen von

Alltag im Dorf

Salz wurde die Farbe gebunden. Dann wurde alles im Fluss oder auch im Dorfbrunnen geschwemmt und die Wolle zum Trocknen aufgehängt. Wir Kinder waren oft beim Färben und Knüpfen dabei. Jede Region, jedes Dorf hat eigene Farbkombinationen, Techniken und Muster. Manche Dörfer verwenden wenige Farben, andere lieben es sehr bunt. Manchmal entstehen Tiere, manchmal rein geometrische Muster. Alles wurde von den Knüpferinnen und Weberinnen selber variiert und gestaltet. Meine Mutter knüpfte auch im Haus, der Knüpf- und Webrahmen stand dann im Wohnraum. Kelims und Cacim wurden auch gerne im Sommer auf der Alm gemacht, auf den Flachdächern, vor den Zelten, und auf dem Dorfplatz, wie in Dewe Sine, dem Dorf meiner Tante Yilde. Auf unseren Kelims und Polstern gibt es unsere Hausmuster, die unsere Mutter entworfen hat.

Die Steppdecken für die Kinder waren aus Stoff vom Markt genäht, mit Tier- oder Blumenmustern bestickt und mit Schafwolle gefüllt. Auch die Kleidung wurde selbst gemacht - Socken, Pullover und Jacken aus Wolle gestrickt. Männer tragen über dem Hemd ein Gilet aus Kelim, das weiß, rot, gelb, grün oder gestreift ist. Die Hosen, genannt Schalwar, sind aus gutem Wollstoff, schwarz, grau, grün oder beige. Die Frauen tragen bunte Stoffe mit Blumen als Kleider oder Schalwar-Hosen. Die gewebten Stoffe kamen oft aus den Kurdengebieten im Irak oder Iran. Ich trug als Kind bis zum fünften oder sechsten Lebensjahr einen Fistan. Das ist eine Art Kleid mit kurzen oder langen Ärmeln. Unsere Schuhe waren Schnabelschuhe aus Leder oder Fell zum Hineinschlüpfen und mit Schnüren zum Zubinden. Die Sohlen waren aus doppeltem Leder. Man trug dicke, mit zweifachem Faden gestrickte Wollstutzen, besonders im Winter. Das hielt warm, und die naturbelassene Wolle ließ kein Wasser durch. An Festtagen kleideten sich Frauen und Männer, vor allem ältere, in den Takeh. Das ist eine Art langes Kleid oder Mantel, vorne offen, dazu trugen sie den Schalwar und ein Hemd, und die Frauen trugen schön bestickte Schmuckbänder und Schärpen. Die Schalwars waren im Dersim-Gebiet üblich, in unterschiedlichen Schnitten und Farben. Es sind weite Hosen mit sehr tiefem Schritt, die an den Knöcheln zusammengefasst werden – ein schmückendes und auch gemütliches Kleidungsstück, das als Tracht für Fest und Alltag dient und alles mitmacht.

Von Familie und Freunden

Ich stamme aus einer Bergbauernfamilie in Dersim, einer Provinz in Kurdistan. Ich bin in einem Bergbauerndorf geboren, vielleicht 1961 oder auch ein, zwei Jahre später. Auf jeden Fall im Frühling, denn das sagten mir meine Schwestern, die Mutter und auch Onkel und Tanten. Mein Dorf heißt Xerbo, es liegt auf fast 2.000 Meter Höhe, im Schutz von hohen Bergen. Überall ist Wald, und nach Süden öffnet sich eine grüne Ebene. Nach Norden zu liegen hinter den Wäldern die Almen, die eben sind und auf denen im Sommer tausende Blumen blühen. Den Duft dieser Sommerweiden trage ich noch immer in mir.

Wir hatten keine Uhr, keine Kalender. So lernten wir Kinder, uns an der Sonne zu orientieren und auf diese Weise die Tageszeiten zu erkennen.

Mein Vater und meine Mutter lernten einander auf den Almen kennen. Die Mutter hatte schon mit 14 Jahren geheiratet, sich aber bald wieder von ihrem Mann getrennt. Ihr Vater hatte das akzeptiert. Mit 16 verliebte sie sich in meinen Vater und heiratete ihn und zog in das Dorf der Familie meines Vaters. Ich bin der Zweitjüngste von acht Kindern. In unserem Dorf wohnten wir alle nebeneinander, mein Vater und seine Geschwister mit ihren Familien. Unser Haus war neben dem Haus des Großvaters. Wir hatten über 100 Tiere, Ziegen und Schafe, Kühe, Ochsen und Geflügel. Unser Dorf bestand aus 30 bis 40 Familien. Ich spielte viel mit meinen Schwestern, die mir im Alter am nächsten waren, und mit den Nachbarkindern. Ich erinnere mich an einige Mädchen und zwei Burschen, die in meinem Alter waren. Wir waren oft auf dem Dorfplatz, und sowohl die Großeltern als auch die benachbarten Familien kümmerten sich alle um uns Kinder.

Unser Haus, mein Vater hatte es gebaut, war sehr großzügig angelegt. Es gab keine Zimmer, sondern einen riesigen Wohnraum, der etwas in den Berg hineingebaut war. Fenster und die Türe lagen an der Südseite. Der Raum war zweigeteilt: vorne der Wohn- und Schlafbereich bis zur Mitte, wo ein Kelim lag. Dahinter wurden untertags die Matratzen, Cile, und Decken, Orxan, zusammengerollt aufgestapelt. Alle waren mit Schafwolle gefüllt. Sie lagen auf einer Erhöhung, dem Aldan, aus Holz oder Lehm, damit sie nicht feucht wurden. Im hinteren

Teil des Hauses, welcher schon im Berg lag, waren die Küche und das Vorratslager, ein kühler und geschützter Bereich.

Mein Urgroßvater hatte viele handwerkliche Fähigkeiten: Er baute Häuser, tischlerte für die Häuser die Türen und Fenster, verfertigte Möbel, Löffel und Tassen, große Holzschüsseln und Schneeschaufeln für die Dächer. Er konnte Stein bearbeiten und machte Tröge, Steinmörser und Steinrollen zum Walzen der Flachdächer, baute das Mühlrad aus Nussholz für unsere Dorfmühle und machte die Mühlsteine. Diese Kenntnisse hat er an meinen Großvater und später an meinen Vater weitergegeben.

Wegen seiner Fähigkeiten als Tischler, Hausbauer und Kunsthandwerker war mein Großvater eine sehr wichtige Person in der Dorfgemeinschaft. Ich habe ihn kaum gekannt. Mein Vater als sein Nachfolger hatte auch große Autorität im Dorf - man hörte auf ihn. Dies weckte öfters den Neid seiner Cousins. Mein Vater, ein Bauer und Tischler, war viel im Dorf und auch im gesamten Dersimgebiet unterwegs. Er war sozial sehr engagiert und hilfsbereit, baute Häuser und Möbel und verfertigte andere Gegenstände. Er schlichtete auch Streitigkeiten und Ehekonflikte. Mein Vater fertigte - wie auch schon sein Vater vor und mit ihm - im Dersimgebiet Tische an. Unsere Tische sind niedrig, die Familien sitzen rundherum auf dem Boden und essen gemeinsam.

Auch Hocker und Löffel, Schüsseln, Teigwannen, Pflüge, Dächer, Fenster und Türen, Stäbe und Stiele für Hämmer und Schneidegeräte wurden von Vater und Großvater angefertigt. Sie bauten auch in anderen Dörfern Häuser, alles im Tauschgeschäft. Die Leute kamen zu uns und luden Vater und Großvater zur Arbeit ein. Sie arbeiteten als Spezialisten und gaben ihr Wissen auch an andere weiter. Onkel Hesene Laci war ein Lehrling von meinem Vater und sehr stolz darauf. Hesene erzählte immer von ihm, wie schön er gearbeitet hatte. Er führte uns zu den Häusern und zeigte uns alles, was mein Vater dort gemacht hatte. Besondere geschnitzte Muster, Türen mit Zierleisten, in die Kreise und Sonnen eingeschnitzt waren, und auch kleine Schemel und andere Sitzgelegenheiten aus Lehm oder Holz. Die Fähigkeit zu tischlern ist eine Gabe für die Gemeinschaft. Mein Vater tat neben seiner Arbeit als Bauer vieles für die Allgemeinheit, Handwerk war sein Ausdrucksmittel, seine Kunst.

Ich habe das alles erst im Laufe der Zeit erfahren, von Leuten in anderen Dörfern, als ich als Jugendlicher dann mehr herumgekommen bin. Ich war überall willkommen, in jedem fremden Dorf, und alle wussten von meinem Vater und seinen Taten. Ich lernte ihn erst durch Erzählungen Anderer kennen - denn er starb, als ich fünf oder sechs Jahre alt war. Ich sehe noch die Bilder vom Begräbnis vor mir: Unser Dorf war voller Menschen, es war eine sehr große Zeremonie, all die Leute aus den Nachbardörfern waren gekommen. Obwohl ich mich erinnern kann, dass wir neben ihm gestanden sind, als er starb, hatten wir ihn vorher nur selten gesehen, denn er kümmerte sich um meine jüngste Schwester Xatun, die sehr krank war. Er war viel mit ihr unterwegs, brachte sie zu Ärzten nach Xarpet und Mezra zur Behandlung und widmete sich hauptsächlich ihr. Sie wurde gesund, aber bald darauf erkrankte er selbst und musste sich behandeln lassen. Leider gaben ihm die Ärzte nicht viel Hoffnung. Aus den Erzählungen meines Bruders Memed schließe ich, dass er wohl an Krebs erkrankt sein muss. Er starb mit 44 Jahren.

Unseren Haushalt übernahm dann meine Mutter. Sie war eine kämpferische und selbstbewusste Frau. Wir Kinder lernten viel von ihr. Sie gab uns ihren Stolz und ihr Bewusstsein weiter, sie war unser Vorbild. Ein Grundsatz war, dass Wissen weitergegeben werden muss, und nichts kosten darf. Jede und jeder soll sein oder ihr Wissen weitergeben, es soll ausgetauscht werden, man soll geben und nehmen. Mein Großvater mütterlicherseits, Mehmed e Muzir, war ein kluger Mensch,

Beim Beschneidungsfest

ein Philosoph. Er hatte viel Zeit für uns Kinder, und er liebte uns sehr. Er erzählte uns viele Geschichten und wirkte an unserer Erziehung mit. Wenn die Leute Probleme, Kummer oder Sorgen hatten, kamen sie zu ihm. Unser Haus war immer offen, immer voller Gäste. Mehmed e Muzir war Wissenschafter, Geistlicher, Therapeut, Seelsorger, Heiler ... diese Gaben übernahmen meine Mutter und auch mein Onkel von ihm. Er stammte aus der Sey Rıza Familie.

Sey Rıza hat den kurdischen Widerstand von 1936 bis 1938 in Dersim angeführt. Mein Großvater, ein Cousin Sey Rızas, hat sich nicht an den militärischen Auseinandersetzungen beim Aufstand beteiligt. Er nahm durch seine Klugheit, seine Philosophie, seinen geistigen Weitblick eine andere Rolle im Aufstand ein. Er war eher Vermittler und nahm nie eine Waffe in die Hand. Durch sein Verhandlungsgeschick schützte er viele Menschen, rettete viele Erwachsene und Kinder und auch sich selbst.

1936/37 formierte sich der Widerstand der BewohnerInnen unter der Führung von Sey Rıza. Sey Rıza wurde 1937/38 verraten, verhaftet und gehängt.

Später wurde auch mein Onkel Xerib verraten und verhaftet, als er mit seinem mit Tabak beladenen Esel unterwegs in Richtung des Dorfes von Sey Rıza war. Nach diesen traumatischen Vorfällen weigerten sich sowohl mein Großvater als auch mein Onkel Xerib diese Gegend, das Gebiet Axdat, wieder zu betreten. So berichteten es mir als Kind meine Mutter und mein Großvater. Mein Vater war beim Widerstand in Dersim zehn Jahre alt, meine Mutter ungefähr acht. Zufällig blieb das Bergdorf meines Vaters unentdeckt. Die Armee hatte es nicht gefunden, denn es lag hinter dichten Wäldern verborgen, und die Soldaten hatten Scheu davor hineinzugehen. Deshalb hatte dieses Dorf die Aufgabe übernommen, Menschen, die aus dem Kriegsgebiet flohen, in den Wäldern zu verbergen. Meine Mutter lebte etwas weiter entfernt im benachbarten Xozatgebiet. In ihrem Dorf waren alle vom selben Stamm gewesen. Sie hatten Bauern und Bäuerinnen aus anderen Orten eingeladen sich anzusiedeln und gaben ihnen das Land dafür.

Viele Dörfer wurden entvölkert – so auch dieses. Nach dem Ende der Kämpfe fand mein Großvater mütterlicherseits in der Nachbarschaft meines Vaterdorfes ein geeignetes Stück Land und errichtete 1938 darauf ein neues Dorf. Den Grund dafür erhielt er vom Stamm Ferhatan. Das neue Dorf wurde nach dem Erbauer Dewe Memede Musir genannt. Meine Eltern lernten einander auf der Alm kennen und heirateten. Zusammen mit ihren und anderen Familien lebten sie im neu gegründeten Dorf.

So wie schon meine Großeltern und Urgroßeltern vor ihnen, hatten auch meine Eltern durch ihre Fähigkeiten eine besondere Position im Dorf. Als spirituelle und geistige FührerInnen des Dorfes schlichteten sie Streitigkeiten, leiteten Rituale und berieten und halfen Menschen in Not. Sowohl aus diesen Gründen, als auch wegen ihres besonderen handwerklichen Könnens waren sie weit über ihr Dorf hinaus bekannt und geachtet.

Wir lebten nach der Art von Zarathustra. Bei Begegnungen küssten wir einander immer, die Erwachsenen auf die Schulter, die kleineren Kinder küssten den Älteren die Hand, Kinder umarmten einander und küssten einander auf die Wange. In der Früh nach dem Aufstehen wuschen wir uns die Hände und beteten zur Sonne, dann aßen wir zusammen. Auch beim gemeinsamen Abendessen vor Sonnenuntergang war es selbstverständlich, sich vorher die Hände zu waschen und einander zu küssen. Es war auch wichtig, mit den Gefühlen aller achtsam umzugehen, rücksichtsvoll und liebevoll. Das war ein Stück vom Familienleben, vom Miteinander. Vor dem Essen wurde auch ein stilles innerliches Gebet gesprochen, doch es gab keine bestimmte Form des Betens. Man drückte Wünsche aus, dass es uns allen – Mensch und Tier- gut gehen möge, dass eine gute Ernte komme.

Noch immer gibt es die heiligen Bäume, die Jiari. Oft stehen sie an Wegkreuzungen zwischen den Dörfern. Bei uns im Dorf war am Weg zur Alm eine riesige Eiche. Die Menschen pilgerten von mehreren Dörfern dorthin. Man nahm Gekochtes oder Gebackenes mit, verteilte es an die Nachbarn, und bei der Rückkehr ins Dorf wurde auch den Anderen gegeben. Die Jiari waren wichtige Orte der Meditation und der Begegnung. Wenn es dir nicht gut geht, kannst du dich an diesen Orten anlehnen, kannst beten. Die Erde unter dem heiligen Baum, Teberik, kannst du mit Wasser vermischt trinken. Oder du nimmst ein wenig Erde mit und trägst sie bei dir, damit sie dir Glück bringt. Sie wird in schönen Stoff eingenäht und wie eine Kette getragen. Wenn du

Monate:
Asma zemperiye	kältester Monat
Asma zimistane	Jänner
Gujige	Februar
Marte, Newroz	März
Nisane	Verlobungzeit, April
Gulani	Frühling, Blumenmonat, Mai
Amnoniya verene	erster Monat vor dem Sommer, Juni
Amnoniya wertene	mittlerer Sommermonat, Juli
Amnoniya peyene	Endsommermonat, August
Payiziye verene	erster Herbstmonat, September
Payiziye wertene	Oktober
Payiziye peyene	November
Asma Gaxane	Gaxanmonat, Dezember

Jahreszeiten:
Zimistan	Winter
Usar	Frühling
Amnon	Sommer
Payiz	Herbst

Himmelsrichtungen:
Zime	Norden
Siyason	Schatten des Abends
Rojda	Westen
Roja, Tija sodirî	Sonnenlicht, Sonnenaufgang, Tageslicht, Osten
Vere tiji	vor der Sonne, Süden

Tage:
Juseme	Sonntag
Diseme	Montag
Seseme	Dienstag
Carseme	Mittwoch
Paseme	Vorabend, Donnerstag
Yene	kommen, gerade gekommen
Peyene	Tag danach

Kummer hast, stattest du dem Jiari einen Besuch ab - das ist wie ein Gebet, eine Anrufung an die Kraft der Natur, an die Bäume.
Es gab auch andere Bäume auf dem Weg, an deren Äste haben wir Wunschbänder gebunden. In Kerte Xizir, dem Dorf meiner Tante, wurde um eine sichere Reise gebetet oder auch für sich oder die Seinen etwas gewünscht. Auf diese Weise lebten wir zu Hause.

Außerdem haben bei dem Jiari die Armenier früher ihre Toten mit all ihrem persönlichen Schmuck beigesetzt, wo sie auch die kostbaren Ritualgegenstände begruben. So entstanden rund um die heiligen Orte Märchen, Mythen und Schatzgräbergeschichten. Früher besaßen die armenischen Kirchen (die heute Ruinen sind) Ritualgegenstände aus Silber und Gold. Deshalb wurden in den 1970er Jahren diese alten Kultstätten geplündert.

Ich fühle mich stark mit der Natur verbunden, mit den heiligen Bäumen und Orten, mit dem Feuer, der Sonne und mit der Philosophie, die damit verbunden ist . Leben lassen, nicht zu jagen, auch nicht zu morden, niemanden auszunützen und keinem Lebewesen Schmerz zuzufügen sind Grundsätze dieser Lebensanschauung.

Festtage

Die Feiertage und Feste leiteten sich von der Natur ab, vom Jahreslauf, der von der Sonne bestimmt wird, und von den Gegebenheiten des Ackerbaus. Zur Wintersonnenwende, am 21. Dezember, dem kürzesten Tag und der längsten Nacht des Jahres, feierten wir Gaxand. Das war immer lustig. Die Mädchen verkleideten sich als alte Männer und die Burschen als alte Frauen. Dann gingen sie von Haus zu Haus, sammelten Butter, Mehl und Getreide und wünschten Glück. Das dauerte den ganzen Tag und die ganze Nacht. Dabei sang man Lieder. Die gesammelten Lebensmittel wurden in das ärmste Haus des Dorfes gebracht, dort kamen dann alle hin, die Jungen und die Alten, und wir kochten und feierten gemeinsam. Wir buken das Bicka Gaxand Brot. Darin wurde eine Holzfigur versteckt, meistens ein Tier oder ein geschnitzter Kopf. Das Brot wurde geteilt, und wer die Figur fand, gab ihr einen Namen und war Königin oder König des Festabends. Man wünschte mit dieser Figur einen schönen Winter, eine reiche Ernte für das nächste Jahr oder Glück und Gesundheit. Wir entzündeten ein Feuer, sangen, tanzten und erzählten Geschichten.

Am 21. März, wenn der Schnee nur mehr auf den Bergen lag und das Frühjahr nahte, wurde das Neujahrsfest Newroz gefeiert. An diesem Tag kleideten wir uns alle festlich, entzündeten das Newrozfeuer und tanzten um das Feuer. Es war auch ein Fest der Verliebten. Die Burschen kamen zusammen, erzählten einander Geschichten, und unter den jungen Leuten wurde fröhlich gescherzt. Seit der Gründung der Republik Türkei war Newroz verboten, aber die Menschen in den Dörfern feierten dennoch - in kleinerem Rahmen. Durch das Verbot

Onkel Ali Ekber, der Enkel von Sey Rıza, mit Tante Zêkîna

wurde Newroz ein Tag des Widerstands. Durch den 1999 einseitig von der PKK verkündeten Waffenstillstand trat eine gewisse Beruhigung ein - seitdem kann man Newroz wieder feiern wie früher, friedlich, mit Musik und Tanz.

Am Donnerstag zwischen 1. und 6. Mai gab es ein Frühlingsfest. Sowohl Kinder als auch Erwachsene brachten verschiedene gebackene Spezialitäten und Trockenfrüchte zum Fest. Auch Schulklassen waren dabei. Die Speisen wurden miteinander geteilt, denn es war ein Fest des Teilens. Man aß miteinander im Freien, im frischen Gras, inmitten der Blumen.

Im Herbst, nach der Ernte, schmückten wir unsere Tiere und zogen von der Alm zurück ins Dorf. Dort kamen alle zusammen und feierten das Erntedankfest. Das Festmahl wurde aus Butter und Getreide zubereitet. Es wurden auch Nahrungsmittel ausgetauscht, denn die einen hatten mehr Käse, die anderen mehr Roggen, Dinkel oder Obst. Mit den Produkten des Sommers musste man über den Winter kommen, auch mit dem Heu, das man auf der Alm mit Sicheln, später mit Sensen aus Österreich, gemäht hatte. Rund ums Dorf wurde das dort angebaute Gemüse geerntet und das Getreide geschnitten und gedroschen. Bei den Herbstfeiern gab es immer wieder Hochzeiten, denn viele Paare fanden auf der Alm zusammen. Dort war das Leben weniger streng geregelt, sondern sehr offen und frei. Die Häuser und Zelte standen für Besucher fast immer offen.

Es gab auch eine Fastenzeit, die hieß zwölf Imamenzeit, Roce des di Imamo. Diese ist auf schiitisch-islamischen Einfluss zurückzuführen, denn die Kurden aus Dersim, die auch Rotköpfe und Aleviten genannt werden, gehen zwar nicht in die Moschee, aber sie sind Anhänger von Ali. Die Fastenzeit dauert zwölf Tage, da wird gefastet, die Nägel werden nicht geschnitten, man wäscht und rasiert sich nicht. Es wird des heiligen Imams und Husseins gedacht, die in Kerbela geköpft worden waren. Es ist eine Zeit der Besinnung, und als Ausdruck der Trauer wird auch auf das Fußballspielen verzichtet. In dieser Zeit sind die Speisen fleischlos, als Getränk gibt es Do. Da diese Fastenzeit freiwillig war, fastete ich als kleines Kind tageweise mit.

Mein Leben bekommt Sprünge

Als Kind habe ich mehr von der mütterlichen Seite meiner Familie mitbekommen. Meine Mutter gab mir diesen Teil des Lebens mit: die Sonne, das Teilen, das Händewaschen und Beten zur Sonne nach dem Aufstehen.

Irgendwann, mit neun oder zehn Jahren, hörte ich mit dem Fasten auf. Ich hatte begonnen, viele Dinge in Frage zu stellen. Immer mehr verstand ich, was meine Mutter und die Menschen in den Dörfern erlebt hatten, und ich habe Gott mehr und mehr in Frage gestellt. Ich sagte zu meiner Mutter: »Mama, wenn es einen Gott gibt, dann ist er ein Gott der Reichen, den Gott der Armen gibt es nicht«. Von den religiösen Bräuchen distanzierte ich mich, aber ich respektierte es, wenn Menschen beteten, fasteten oder andere Rituale ausführten. Ich hatte mich davon entfernt und machte nicht mehr mit. In Glaubensfragen bin ich mit meinen Geschwistern sehr frei aufgewachsen.

Aber die zarathustrische Weltanschauung, in der Sonne und Feuer eine große Rolle spielen, stellte ich nicht in Frage. Ich hatte eine starke Verbindug zur Natur. Da war die Kraft der Bäume, die Verbindung mit dem Gaxand, mit den Jiari-Besuchen, mit dem Feuer, dem Tanz um das Feuer und die Philosophie, die damit verbunden ist - nicht zu jagen, nicht zu morden, niemanden auszunützen, keinem Wesen Schmerz zuzufügen und niemanden zu vernichten.

Ich hatte mich schon früh für die Schule interessiert, denn meine Nachbarn gingen hin, und ich war sehr neugierig. Auch kann ich mich erinnern, dass mein Bruder Xıdır, der starb, als ich zwei Jahre alt war, weißes Brot aus der Schule mitbrachte. Das war für mich sehr anziehend, denn wir kannten sonst nur das Brot aus natürlichem Vollkornmehl. Später erfuhr ich, dass das weiße Mehl für dieses Brot - ebenso wie Margarine und Öl - von den Amerikanern und Franzosen in den 1960er-Jahren im Rahmen des Marshallplanes an die Schulen ausgeteilt worden war. Manchmal spreche ich mit meinen Schwestern darüber, sie lachen dann und sagen, ich wüsste das nur aus Erzählungen. Aber ich glaube, das ist egal – in mir drinnen kann ich das Gefühl ganz gut beschreiben, und ich verbinde auch diese Erinnerungen mit meinem Bruder und mit der Freude, wenn er aus der Schule heimkam.

Mit fünfeinhalb Jahren ging ich noch nicht in die Schule. Daher war ich sehr neugierig darauf was meine Geschwister lernten. Ich bemerkte, dass sie in einer anderen Sprache redeten, in einer Sprache, die ich nicht verstand.

Die Schule war ein kleines Gebäude, ein Neubau aus Beton. Normalerweise sind die Häuser in Kurdistan aus Stein und Lehm und haben ein Flachdach. Aber die Schule war ein moderner Bau mit Kuppeldach.

Ich hatte von meinem Bruder gehört, dass die alte Schule Ende der 1950er-Jahre in Brand gesteckt worden war, die Lehrer waren weggegangen, und es kamen keine neuen. Dann wurde die neue Schule gebaut. Es war eine türkische Schule, in der wir einer fremden Sprache begegneten. Der Unterricht war auf Türkisch, und die kurdischen Kinder, auch meine Geschwister, mussten Türkisch lernen.

Ich hielt mich oft vor der Schule auf, und eines Tages kam der Lehrer zu mir und fragte, was ich da wolle. Ich sagte, ich will zu den anderen Kindern! Ich wartete immer auf die Pausen, und in den Pausen spielten wir zusammen. Die anderen Kinder nahmen mich dann mit in ihre Klasse, und irgendwann akzeptierte der Lehrer, dass ich dort im Unterricht blieb. Aber ich verstand die Sprache nicht! Ich ging vom Unterricht nach Hause und sagte: »Mama, ich verstehe den Lehrer nicht, der Lehrer spricht eine fremde Sprache«. Meine Mutter erwiderte: »Mein Sohn, die Schule ist nicht in unserer Sprache, sie ist in türkischer Sprache. Wir können unsere Sprache nicht lesen und schreiben. Es gibt keine kurdische Schule. Beim Aufstand damals,1936 in Dersim, ging es auch darum, eigene Schulen zu haben. Aber es ist nicht dazu gekommen. So sind wir alle AnalphabetInnen geblieben. Aber ich will nicht, dass ihr, meine Kinder, AnalphabetInnen bleibt! Geh´ in die Schule und lern´ Türkisch. Aber wenn du hier in unser Haus herein kommst, sollst du unsere Sprache sprechen.«

Ich war der Kleinste, der Jüngste in der Schule. Und ich habe versucht, Kurdisch zu sprechen. Aber der Lehrer war sehr streng - er schlug die Kinder, die Kurdisch sprachen. Es gab auch Kinder, die für einen Spitzeldienst mit Bonbons belohnt wurden. Diese Bonbons waren für uns etwas völlig Neues und bei vielen Kindern so etwas wie ein Statussymbol. Man sagte den Kindern, sie sollten von Haus zu Haus gehen, auf den Dächern stehen und zuhören, welche Kinder mit ihren

Eltern Kurdisch sprechen. Am nächsten Tag wurden diese Namen dann verlesen, und diejenigen, die beim Kurdisch-Sprechen gehört worden waren, wurden bestraft, in die Ecke gestellt, oder auch geschlagen.

Ich habe eines Tages eine Ohrfeige vom Lehrer bekommen und bin weinend nach Hause zur Mutter gelaufen. Sie ist wütend geworden und zum Lehrer gegangen und hat ihn gescholten. Er war selbst Kurde, und sie hat Kurdisch mit ihm geredet, denn sie konnte nicht Türkisch. Sie sagte zu ihm: »Du Eselskind, ich schicke meine Kinder in die Schule, damit sie etwas lernen, aber du sollst und kannst nicht von mir verlangen, dass ich mit meinen Kindern Türkisch spreche, und dass ich von ihnen Türkisch lernen soll. Ich möchte, dass meine Kinder Kurdisch lernen, ihre Muttersprache! Was soll das, du bist selbst Kurde!«

Der Lehrer hat geschluckt und sich geärgert, aber meine Mutter war eine starke Frau. Sie sagte immer offen, was sie dachte. Von meiner Mutter lernten wir, Konflikte offen auszutragen und die eigene Meinung zu sagen. Dies ist eine meiner Erinnerungen aus der Schulzeit.

Die Brücke von Tornova zu unserem Dorf der einzige Zugang über den Fluss Munsır

Die Tiefe der Jahre

Die Region Dersim liegt zwischen den Quellen von Euphrat und Tigris. Die Anfänge der Geschichte der Besiedelung Dersims, so wird erzählt, liegen in den Bergen Munzurs. Schon in der Antike war diese Region bekannt als Zufluchtsort und Heimat für verfolgte und andersdenkende Menschen.

Die Region um Dersim ist ein sehr autonomes Gebiet, wirtschaftlich, politisch und kulturell. Innerhalb der Dorfgemeinschaften wurden Waren ausgetauscht, die Menschen mit ihren Tieren nutzten Wälder und Wiesen zur Selbstversorgung. Es gab Schrift- und Naturheilkundige ebenso wie Handwerker. Die Dörfer waren mehrsprachig, es lebten Kurden und Armenier dort, auch Turkmenen.

Schon zu Zeiten der osmanischen Herrschaft gab es von den dort ansässigen Stämmen keine Bereitschaft, Soldaten für die sogenannten Hamidie-Truppen (hauptsächlich sog. kurdische Truppen) des Reiches zur Verfügung zu stellen. Diese kritische Haltung gegenüber Regierungen wurde zusätzlich verstärkt durch den Völkermord an den Armeniern, deren Angehörige ebenfalls im Gebiet um Dersim angesiedelt waren. Überlebende haben Schutz in den Dersim-Dörfern gesucht. Viele sind später ins heutige Armenien (damals Sowjetunion) weitergezogen, andere sind geblieben und haben die kurdische Sprache angenommen. Kemal Atatürk, Ismet Inönü und ihre Gefolgsleute versuchten die verschiedenen kurdischen Stämme mit Versprechungen wie das Recht auf Autonomie und auf die eigene Sprache für sich zu gewinnen. Dabei trafen sie bei den Anführern der Stämme meiner Großelterngeneration immer wieder auf Skepsis und Widerstand. Vor allem Inönü, der vermutlich aus Malatya stammte, wurde das nicht verziehen. Die Strategie der Regierung bestand darin, einzelne Stämme gegeneinander auszuspielen, um deren Widerstand zu brechen. Es gelang immer wieder, Menschen als Spitzel oder sogar als Mörder eigener Familienangehöriger zu gewinnen. In den Jahren 1925 bis 1931 versuchten die verschieden kurdischen Stämme eine gemeinsame Strategie zu finden, um ihre Rechte als Minderheit zu wahren und um sich gegen die militärische Besatzung zu wehren. Die Strategie der Regierung bestand jedoch weiterhin darin, die Stämme zu entzweien. Sie missbrauchte dazu auch die unterschiedlichen religiösen Gesinnungen kurdischer Stämme, Sunniten, Aleviten, Jezidi-Kurden und anderer.

Vor und während der osmanischen Herrschaft bis hinein in die 1930er-Jahre der modernen Türkischen Republik, lebte die Bevölkerung in weitgehender Autonomie. So konnte sich ihre Kultur eigenständig und frei entfalten. Die Geschichte und Stammeslinien der Bevölkerung von Dersim wurde von ihren Stammeshäuptlingen mit Gold auf Rehleder geschrieben. Diese beschrifteten Lederstücke werden Sejeré genannt. Als zentrale Verwaltungsstelle galt mehrere Jahrhunderte hindurch die Stadt Xozat. Xozat wurde erstmals 1297 n. Chr. urkundlich erwähnt. Die wichtigsten Geschichtsarchive waren die Bücher in den Vanks, den armenischen Kirchen, gewesen. Zur Zeit der Völkermorde an KurdInnen und ArmenierInnen wurden auch diese Kirchen weitgehend zerstört. Da es bis heute keine gezielten archäologischen Forschungen gibt, weiß man über die Geschichte Dersims nur aus zufälligen Fundstücken und aus der mündlichen Überlieferung.

Nach dem endgültigen Zerfall des osmanischen Reiches im Ersten Weltkrieg wurde 1923 die türkische Republik unter Kemal Atatürk gegründet. In der Zeit des antikolonialen Kampfes versuchten die kämpfenden türkischen Gruppierungen die kurdischen Stämme vor allem in den Grenzregionen des Südens und Ostens gegen die Besatzer des Landes zu mobilisieren. Im Süden waren dies die Briten und Franzosen, während im Nordosten die Front gegen die revolutionäre Sowjetarmee aufgebaut wurde.

Aus den Berichten meiner Vorfahren weiß ich, dass die Mehrheit der Stämme Dersims nicht bereit war, die jung-türkischen Truppen im Kampf gegen ihre Feinde zu unterstützen. Dabei ging es ihnen um eine grundsätzliche Haltung gegenüber Krieg und Gewalt. Ihre Lebensphilosophie bestand darin, Konflikte durch Dialog zu lösen, das Motto lautete: »Leben und leben lassen!«

In weiterer Folge investierte der neue türkische Staat in die traditionellen kurdischen Siedlungsgebiete, vor allem in den Ausbau seiner militärischen Macht: statt Schulen, Krankenhäusern und anderen dringend notwendigen infrastrukturellen Einrichtungen wurden Kasernen und militärische Stützpunkte errichtet.

An dieser Stelle möchte ich meine persönliche Wahrnehmung der kurdischen Gesellschaft meines Umfeldes bzw. dem meiner Vorfahren weitergeben: In den Stämmen meiner Familie gab es unter den Anführern sehr starke Persönlichkeiten, die Gewalt und Kampf prinzipiell ablehnten und am Dialog zur Konfliktbewältigung festhalten wollten. Der starke Zusammenhalt der Stämme ergab sich auch durch den praktizierten Tauschhandel, der in den bäuerlichen Strukturen allgegenwärtig und überlebensnotwendig war. Es gab unter Männern und Frauen auch besonders geschickte Handwerker. Die von ihnen gefertigten Möbel und Teppiche wurden getauscht, etwa gegen Lebensmittel und Nutztiere. Andere waren Musiker und Geschichtenerzähler, die für die Gemeinschaft, das Zusammenleben und die Fortführung der Traditionen sehr wichtig waren. In den Jahren 1934-36 setzte die türkische Regierung ihre Vorarbeiten zur späteren Militärpräsenz fort. Immer wieder stieß sie dabei auf den Widerstand einzelner Stämme, in denen die Frauen wichtige Positionen einnahmen. Oftmals gelang es der Staatsmacht jedoch auch, schwache Persönlichkeiten durch Versprechungen und Geld für sich zu gewinnen, um an Informationen über Aufständische und deren Verstecke zu kommen. Sehr oft kam es in dieser Zeit zu Verhaftungen und Hinrichtungen, wie z.B. die von Sey Rıza und seinen Stammesangehörigen im Jahr 1937.

Am 30. Juli 1937 beschrieb Sey Rıza in einem Brief an den englischen Außenminister die sehr kritische Situation in seinem Land Dersim.

»Die türkische Regierung versucht seit Jahren, das kurdische Volk zu assimilieren. Dieses Zieles wegen unterdrückt sie dieses Volk, verbietet das Erscheinen von Zeitungen und Publikationen in kurdischer Sprache, verfolgt Menschen, die ihre kurdische Muttersprache sprechen, organisiert systematische Zwangsemigrationen aus den fruchtbaren Gebieten Kurdistans in die unfruchtbaren Gebiete Anatoliens, in denen zahlreiche kurdische EmigrantInnen auch den Tod finden [...] Seit

Sey Rıza, mein Großonkel

drei Monaten herrscht in meinem Land ein grausamer Krieg [...] Türkische Kampfflugzeuge bombardieren die Dörfer und setzen sie in Brand, sie ermorden Frauen und Kinder [...] Gefängnisse sind mit wehrlosen kurdischen Bürgern überfüllt, Intellektuelle werden erschossen, hingerichtet oder in die Verbannung in die weitgelegenen Regionen der Türkei geschickt [...]«
(Aus »Einführung in die kurdische Bevölkerungsgeographie - Fallbeispiel Dersîm« von Dr. Süleyman Ceviz, Mezopotamien Verlag)

Eine weitere Methode der Regierung war die systematische Ermordung von Menschen, die Widerstand leisteten. Man schreckte selbst vor dem Mord an Geistlichen und deren Familienangehörigen nicht zurück. Begründet wurde dieses harte Vorgehen mit der Forderung des Staates nach Modernisierung. Der Regierung ging es auch darum, die angeblich »feudalen« Strukturen in den kurdischen Siedlungsgebieten abzuschaffen. In einer Rede vor dem Parlament im Jahr 1934 wurde das Gebiet um Dersim sogar als Krebsgeschwür bezeichnet.

Die Erhebung von Dersim (1936-1939)

»Dersim sollte eines der grausamsten Beispiele für die blutige Unterdrückung der Kurden in der republikanischen Türkei werden. Dersim, das türkische Tunceli, war eine regelrechte Bergfestung, die in Kurdistan traditionell Selbständigkeit bewahrt hatte. Ankara sah in Dersim das letzte Widerstandsnest der Kurden und wollte es systematisch ausräuchern. Die Kurden von Dersim wiederum wehrten sich gegen die fortlaufende Türkisierung.

Massendeportationen, Hinrichtungswellen, erdrückende Steuern und Zwangsverpflichtungen zum Arbeitsdienst hatten die Kurden zutiefst verunsichert. Überfälle der Polizei - auch auf Frauen und Kinder - waren an der Tagesordnung. 1937 spitzten sich die Gegensätze zu. Die Bewohner von Dersim erließen einen Aufruf an die Öffentlichkeit, in dem sie beklagten, kurdische Schulen würden geschlossen, der Gebrauch der kurdischen Sprache sei verboten, die Worte »Kurde« und »Kurdistan« dürften nicht mehr in den Mund genommen werden, und die Türken würden »barbarische Methoden« anwenden, um die Kurden von Dersim zu bekämpfen.

Der neue Militärgouverneur, General Alp Dogan, forderte die Bewohner von Dersim auf, ihre Waffen abzuliefern. Polizeieinheiten wurden vorgeschickt, um nach Waffen zu suchen. Einer dieser Polizeitrupps wurde in einen Hinterhalt gelockt und erschossen. Dies führte zum Ausbruch von Kämpfen. Die Kurden hielten sich dabei anfangs bemerkenswert gut. Sie fügten den anstürmenden Türken in den Bergen um Dersim mit altbewährter Guerillataktik schwere Verluste zu. Der Anführer der Kurden, Sey Rıza, versuchte nach den ersten Gefechten noch zu vermitteln, um die Türken zum Abrücken zu bewegen - aber vergeblich. Die Türken verlangten weiterhin die sofortige Kapitulation der Kurden. Diese weigerten sich. In der Folge eskalierte die Gewalt.

Die Türken begannen, auch wehrlose Kurden an die Wand zu stellen, die sich kampflos ergeben hatten. Diese Grausamkeit festigte umgekehrt den Willen der Bevölkerung von Dersim durchzuhalten. Am Tujik verfolgten die Türken Tausende Frauen, Mädchen und Kinder, die sich in den Höhlen des Tujik-Massivs versteckt hatten. Die türkische Armee stürmte den Tujik. Türkische Soldaten machten die Höhlen ausfindig, in welche die Frauen und Kinder geflüchtet waren, zementierten die Eingänge zu und mauerten so die Verzweifelten ein. In drei Höhlen wurde auch Giftgas geblasen. Viele Frauen und Mädchen haben sich damals in letzter Verzweiflung von Felsen gestürzt und verübten Selbstmord, um in Ehren zu sterben und nicht in die Hände der Türken zu fallen und von ihnen vergewaltigt zu werden.

In Kiran ließen sich etwa 400 Familien von den Türken überreden aufzugeben, es würde ihnen nichts geschehen. Die Türken rückten in Kiran ein, erschossen zunächst den Stammesführer der Kurden und ließen dann die Bewohner auf den Dorfplätzen antreten. Die Männer wurden standrechtlich erschossen. Frauen und Kinder wurden in Scheunen gesperrt und lebendig verbrannt. Dies sollte die Kurden in der Provinz Dersim endgültig dazu bringen, ihren Widerstand aufzugeben und aus den Bergen zu kommen.

Trotz aller Grausamkeit sowie des massiven Einsatzes von Kampfflugzeugen, schwerer Artillerie und Giftgas, vermochten sich die türkischen Truppen bis zum Sommer 1937 gegen die Kurden nicht durchzusetzen. Durch Verrat verloren die Kurden zwar auch noch ihren Führer, kämpften aber dennoch ungebrochen weiter.

Um der Lage Herr zu werden, schafften die Türken 1938 massiven Nachschub heran. Drei Armeekorps gingen nun gegen die Kurden in Dersim vor. Der Großteil der türkischen Luftwaffe war im Einsatz, um die Kurden nieder zu bomben. Die Kurden hielten dennoch weiter stand, auch, als die Türken mit militärischem Terror die Daumenschrauben noch mehr anzogen. Ganze Täler wurden mit Giftgasbomben ausradiert. Frauen stürzten sich vor den anrückenden Türken von Felsen und sprangen aus Angst, den Türken lebend in die Hände zu fallen, in den Fluss Munzur, wo sie ertranken. Jeder Kurde, den die Türken wehrlos aufgriffen, wurde standrechtlich erschossen. Selbst kurdische Soldaten in der türkischen Armee wurden hingerichtet. Die Türken sahen in jedem Kurden einen potentiellen Aufständischen. Ende 1938 brach dann die Revolte der Kurden von Dersim zusammen. Die Bevölkerung war so erschöpft und ausgehungert, dass sie nicht mehr weiterkämpfen konnte. Den Kurden war auch die Munition ausgegangen. Daher konnten sie ihren Aufstand auch militärisch nicht mehr fortsetzen. Der Rest von Dersim ging neuerlich in Mord und Brutalität unter. Insgesamt wurden in den mehr als zwei Jahre dauernden Kämpfen etwa 50 000 Kurden ermordet, mehr als 100 000 Kurden der Region Dersim sind deportiert worden.«
(Dokumentation der Gesellschaft für bedrohte Völker)

Interview mit meinem Großonkel über seine Erlebnisse in Dersim, geführt von meiner Nichte Arzu.
*»Plötzlich hörten wir Schüsse, das Weinen und Schreien von Menschen. Ich wusste nicht wirklich, was los war, ich war noch ein Kind. Aber ich sehe noch alles ganz deutlich vor meinen Augen. Ich hatte Angst. Meine Mutter trug meine zwei kleineren Brüder in einem Korb auf ihrem Rücken, mich und meinen älteren Bruder nahm sie an der Hand und sagte zu uns: Wir müssen jetzt ganz schnell laufen... Ich sah, dass Frauen, Kinder und Männer sich mitten am Dorfplatz versammelt hatten. Die Soldaten zwangen sie, sich auszuziehen...
Danach wurden sie mit Benzin überschüttet und verbrannt. Ich verstand nicht, was geschah, ich fragte meine Mutter: Weshalb? Sie versprach, sie würde es mir später einmal erklären, ich sei noch zu klein...
Wir versteckten uns im Wald. Ich hatte Angst, alle hatten Angst...*

Wo war unser Vater? Er beschützte unser Dorf, kämpfte gegen die türkischen Soldaten, erfuhr ich später. Viele Frauen und Mädchen haben sich mit ihren Kindern von den Felsen gestürzt.
Ich kannte einige, sie waren ja auch von unserem Dorf. Niemand wollte sprechen. Es herrschte Schweigen. Nachts konnten wir nicht schlafen. Von weitem hörte man Gefechte. Da wurde das Weinen und Bangen unserer Großmütter immer lauter. Eines Nachts wurden wir Kinder aus dem Schlaf gerissen. Es war immer so, dass einer der Älteren Wache hielt. Doch diese Nacht mussten wir, wie die darauf folgenden Nächte, weiter marschieren. Die Älteren sagten nur, wir könnten nachts nicht mehr in den Höhlen bleiben, sonst kämen wir morgens nicht mehr raus. Man sprach davon, dass die türkischen Soldaten die Höhlen zumauerten. Nachdem die Wälder und die Höhlen uns keinen Schutz vor den türkischen Soldaten geben konnten, beschlossen unsere Großeltern zu den Jiar (heilige Versammlungsorte, meist auf Hügeln) unserer Ahnen zu gehen in der Hoffnung, dort den Krieg überstehen zu können. Der Vorrat war schon knapp, wir mussten sparsamer damit haushalten.
Eines Tages erreichte uns ein Mann, der an seinem Arm verletzt und vom Hunger angeschlagen war. Ich verstand nicht alles, was er erzählte, meine Mutter wollte nicht, dass mein Bruder und ich zuhörten. Unser erster Gedanke war, dass er eine Nachricht von unserem Vater brachte. Wir konnten nur vom Zelt aus beobachten, wie alle um den verletzten Mann versammelt waren.
Zuerst bemerkte ich nur das Kopfschütteln meiner Mutter und meiner Großeltern. Doch dann vernahm ich das laute Geheule der entsetzten und schockierten Leute, die den Erzählungen zuhörten. Alles was ich verstand, war, dass wir wieder zurück ins Dorf kehren würden. Auf dem Heimweg fragte ich meine Mutter: Wartet Vater im Dorf auf uns? Sie sagte nur, wenn wir Glück haben, können wir ihn sehen, aber nun halt dich an deinem Bruder fest.
Bis zum Dorf hatte ich nur meinen Vater in den Gedanken. Plötzlich blieben alle auf dem Hügel stehen, man konnte ein Dorf sehen, es war unser Dorf, ein in Asche gelegtes und verwüstetes Dorf. Ich dachte, mein Vater würde unser Dorf beschützen, und er würde vor unserem Haus auf unser Kommen warten. Wir hatten ein Haus gehabt, das groß und von weitem erkennbar war. Aber an diesem Tag waren alle Häuser gleich:

schwarz wie Kohle. Unser Haus hatte ein Flachdach gehabt, auf dem wir immer die Dorfschützer gegen die Banditen gespielt hatten. Jetzt war es eingestürzt.

Später erzählten die Älteren, dass überall in den Dörfern schreckliche Zustände herrschten. Menschen würden an die Bäume gebunden, Frauen und Mädchen vergewaltigt, Schwangeren die Babies aus ihren Bäuchen mit Bajonetten herausgestochen werden. Ab diesem Zeitpunkt verstand ich, weshalb wir unser Dorf verlassen hatten. Wir wurden nach tagelangem Fußmarsch in einem größeren Dorf, das vom Krieg verschont war, aufgenommen. Die Ortschaft war überfüllt von Menschen, die von überall herkamen. Wir wurden damals von der örtlichen Gendarmerie als Überlebende aus den Kriegsgebieten registriert, und man befahl uns, in einer von den Gendarmen vorgeschriebenen Unterkunft bis auf weitere Anordnungen zu bleiben.

Durch die ganze verwirrte Situation hatten wir noch immer nicht erfahren, ob mein Vater noch am Leben war.

Später erfuhr ich, dass die Hinrichtung unseres Großonkels Sey Rıza, dessen Sohn und anderer Stammesführer am 18. November 1937 in Xarpet (heute Elazıg) stattfand. Zur Zeit der Verhaftung von Sey Rıza erreichte uns eine Nachricht über meinen Vater: Zeugen berichteten, er sei in den Händen des türkischen Militärs gesichtet worden. Ich hoffte, dass wir unseren Vater sehr bald wieder in unserer Nähe haben würden. Doch als wir erkennen mussten, dass unsere Freude zu früh war, hieß das für uns, sehnsüchtig lange Zeit auf sein Wiederkommen warten. Was ich damals nicht verstehen konnte war, dass sie ihn auch einfach hätten töten können. Es vergingen Monate, viele hatten die Hoffnung aufgegeben, dass unser Vater noch am Leben sei.

Im Jahre 1940 erhielten wir, meine Großeltern, einige unserer nahen Verwandten, meine Mutter und meine Brüder ein amtliches Schreiben von der türkischen Regierung. Der Inhalt dieses Schriftstückes verordnete uns eine neue »Identität«, einen neuen Namen, versprach uns ein Grundstück in Alanya (Süd - Türkei), einige Vorräte und ein Maultier. Man befahl uns, pünktlich am vorgegeben Ort, welcher der Bahnhof von Xarpet war, mit den wichtigsten Wertsachen, unserem Hab und Gut (wir besaßen außer unseren armseligen Kleidern nichts) und der neuen »Identität«, zu erscheinen. Auf dem Weg zum Bahnhof kamen wir an

einem Platz vorbei. Es war der Marktplatz, sie nennen ihn »Bitmeydani«. Wir blieben dort stehen. Einer erzählte, dass unser Großonkel Sey Rıza und sein Sohn hier hingerichtet, die Leichen verbrannt und ihre Asche in Kalkgruben außerhalb von Xarpet geleert worden waren.
Am Bahnhofsplatz waren sehr viele Menschen versammelt, sie warteten ebenfalls auf ihre Deportation in die Fremde. Ich sah zum ersten Mal eine Lokomotive.
Viele verstanden die türkische Sprache nicht. Meine Großmutter konnte Türkisch von früher. Sie erklärte den Leuten die Anordnungen der Soldaten und Beamten.
Kurz vor der Deportation erhielten wir die erfreuliche Nachricht, dass mein Vater in Alanya auf uns wartete. Die Behörden überprüften die Daten der Leute und verwiesen sie in Viehwaggons, danach schlossen sie die Schiebetüre der Waggons ab. Nur an Bahnhöfen gaben sie uns Wasser. Jedesmal war in den Bahnhöfen das Militär präsent. Unser Waggon hatte ein Gitterfenster. Ich saß immer davor und blickte in die weite Landschaft, die von Zeit zu Zeit ihre Farbe änderte. Ich fragte meine Mutter, wo unser Vater auf uns warte? Sie sagte mir, dass es nicht allzu lange dauern würde und zeigte mit der Hand in die Richtung, wo die Sonne gerade unterging.
Zum ersten Mal der Heimat entrissen, nach tagelanger Fahrt, gelangten wir endlich ans Ziel. Der Blick, die Freude, die Tränen in den Augen - alles vermischte sich in einer warmen Umarmung.
Vater hatte für unsere Familie eine Lehmhütte gebaut. Die Umgebung war anders, als sie uns die Behörden in Elazıg versprochen hatten. Wir lebten bis 1947 in Alanya. Als Premierminister Menderes den Deportierten aus den östlichen Provinzen der Türkei die Rückkehr in ihre Heimatdörfer genehmigte, führte uns die über die Jahre immer stärker gewordene Sehnsucht wieder nach Hause. Die Freude auf die Rückkehr war bei den älteren Familienangehörigen verständlicherweise größer, als bei uns Kindern, die bereits türkische Schulen besucht, die türkische Sprache erlernt und sich in die neue Umgebung integriert hatten. Mein älterer Bruder meinte, wir hätten eine bessere Zukunft im Westen. Der Staat hat zwar unsere Namen geändert, aber an unseren Wurzeln ist nichts zu ändern. Es wäre unsere Pflicht, zu unseren Wurzeln zurückzukehren, dorthin, wo unser Stamm so viel für unser Leben aufgeopfert hätte -

erklärten unsere Eltern. Unsere Erinnerungen an die Heimat, an unsere Gärten und an die schönen Landschaften wurden wieder wach.«

Geständnis eines Zeitzeugen aus Urfa – Birecik
Bis jetzt haben die Opfer gesprochen, von den Tätern hörte man nichts, und von staatlicher Seite wird alles geleugnet. Nach 69 Jahren brach der 112-jährige Abdullah Ciftci sein Schweigen. Der aus Urfa stammende Zeitzeuge war als türkischer Soldat am Genozid von Dersim beteiligt gewesen. So erzählte der 112-jährige Abdullah kurz vor seinem Ableben von den Gräueltaten der türkischen Armee:
»Ich war zwischen 1938 und 1939 in Dersim / Hozat als Soldat im Dienste des Staates. Viele meiner Kameraden waren aus Urfa, auch Kurden. Die Gegend von Xozat war sehr gebirgig... Die Menschen trugen Carik, aus Leder gemachte Schuhe, waren sehr kräftige und robuste Menschen... Am meisten beeindruckte mich die Tatsache, dass sich die Menschen gegen unsere Angriffe mit Steinen verteidigten...
Es war Winter und schneite sehr viel... Wir gingen zu den Dörfern, umzingelten sie und führten unsere Operationen durch... In diesen Momenten bewarfen uns die Männer mit Steinen, diese wiederum lösten große Lawinen aus..., dadurch kamen viele Soldaten ums Leben.
Wir beschlagnahmten die Tiere und Lebensmittel der Bauern und ernährten uns davon sehr gut. Die Operationen dauerten mehrere Tage, der Großteil der Männer flüchtete in die Berge, Frauen und Kinder sammelten wir auf dem Dorfplatz und erschossen sie mit Maschinengewehren. Die Kinder und Frauen klammerten sich aneinander und schrien... Die Schreie sind noch immer in meinen Ohren... ich konnte bis jetzt mit niemandem darüber sprechen... Der Befehl für diese Gräueltaten kam von oben.
Ich erinnere mich an einen General namens Inönü. Wir haben ca. zehn Dörfer entvölkert und in Brand gesetzt... Was ich gesehen habe, kann man nicht in Worte fassen. Es war schrecklich... Ich habe mich schlecht gefühlt, aber ich konnte nichts dagegen unternehmen, denn ich war nur ein Soldat...«
(20 - 21. Jänner 2007, Yeni Özgür Politika)

Wenn ich an meine Kindheit, an die Erzählungen meines Großvaters, meiner Onkel und meiner Mutter denke, stelle ich fest, dass die Erzählungen übereinstimmen. Der Zeitzeuge Abdullah erzählt von den Gräueltaten im Geburtsort meiner Mutter. Die Erzählungen, der Schmerz, die Trauer und das Weinen um die verlorenen Familienangehörigen haben meine Kindheit geprägt.

Blick von der Burgruine auf die Altstadt von Xarpet

In die Stadt

Nach dem Tode meines Vaters und meines Großvaters versuchte meine Mutter, das Leben in der Familie zu stabilisieren. Sie brauchte viel Hilfe beim Ackern und Heutragen für die Tiere im Winter. Wir hatten viele Tiere: jede Menge Ziegen, über Hundert Schafe und einige Kühe und Ochsen. Die Cousins meines Vaters lebten auch im Dorf, aber das Verhältnis meiner Eltern zu ihnen war schon lange nicht besonders gut gewesen. Als meine Mutter alleine war, blieb das auch so. Sie wollte deren Hilfe nicht annehmen, war eine kurdische Feministin, eine kämpferische Frau. Sie wollte beweisen, dass sie auch als Frau etwas schaffen und organisieren kann. Daher ging sie in die Nachbardörfer und holte Bekannte, um sie bei der Arbeit zu unterstützen im Tausch gegen Produkte von unserem Hof. Das Leben ging weiter.

In meiner Familie lebten zu der Zeit meine jüngere Schwester Xatun, meine Nichte Ipek, dann ich, Adile, Altun und Gûle, meine älteren Schwestern. Mein älterer Bruder Memed war um diese Zeit nicht im Dorf. Er war vierzehn oder fünfzehn, arbeitete in Elazıg bei meinem Onkel. Wir hörten immer wieder von ihm. Ab und zu kam uns der Onkel besuchen und erzählte, dass Memed manchmal bei ihm übernachtete.

Ungefähr 1969, nachdem der Vater gestorben war, kam Memed selbst zu Besuch ins Dorf, und meine Mutter versuchte, ihn zum Hierbleiben zu überreden. Er sollte die Arbeit übernehmen und uns unterstützen. Aber mein Bruder sagte: »Mama, ich will nicht, ich will dort weiterarbeiten. Aber wir können hier die Tiere verkaufen, wir geben sie den anderen Bauern, und dann kommt ihr, du und die Geschwister, nach Elazıg. Ich werde dort eine Wohnung mieten, wir bleiben zusammen, und die Brüder und Schwestern können in die Schule gehen.«

Aber meine Mutter lehnte ab und weinte. Mein Bruder - daran kann ich mich gut erinnern - brachte uns Geschenke mit, Buntstifte, so wie früher unser Vater von Elazıg Buntstifte mitgebracht hatte. Buntstifte waren damals etwas Großartiges, weil es im Dorf kaum welche gab. Auch andere Schulsachen brachte unser Bruder. Und für mich ein Taschenmesser. An die Freude über dieses Messer kann ich mich erinnern, denn damit konnte ich die Känger-Pflanze anschneiden, um dann den getrockneten Saft zu sammeln und als Kaugummi zu genießen.

Irgendwann kam mein Bruder wieder einmal aus der Stadt zu uns, und er schnitt neuerlich das Thema Wegziehen an. Es herrschten die ewigen Spannungen zwischen den Cousins der Vaterseite und meiner Mutter. Mein Bruder versuchte, mit den Onkeln zu verhandeln um den Grund ihrer Feindseligkeit zu erfahren. Es gab ein Gespräch mit dem Dorfrat.

Danach kam es zu einer Streiterei mit einem Onkel. Der schlug meinen Bruder unerwartet von der Seite her mit einem Stein. Mein Bruder begann Blut zu spucken, und es ging ihm sehr schlecht. Er ging ins nächste Dorf zum Arzt. Die Leute dachten, er ginge zur Gendarmerie, um sich zu beklagen. Doch das tat er nicht. Er kam nach ein paar Tagen mit einem Pîr, einem Geistlichen, dem die Leute vertrauten, und

Meine Mutter mit Schwester Adile, Nichten und Neffe

es kam zu einer Besprechung der Konfliktparteien. Mein Bruder blieb hart und bestand auf dem Umzug in die Stadt, und irgendwann ging die Mutter darauf ein. Es lief doch alles nicht so gut im Dorf, und sie ließ sich schweren Herzens überzeugen. Mein Bruder gab die Ziegen weg und brachte Sachen zu den Onkeln. Danach begann die Übersiedlung nach Elazığ. Ich war zu diesem Zeitpunkt ungefähr sieben, acht Jahre alt.

Ich kann mich erinnern, dass es ein heißer Sommer war. Unsere Sachen schleppten wir mit Pferden und Mauleseln zum nächsten Ort. Das war ein Weg von mindestens fünf Stunden. Es gab damals keine Busse, aber in diesem Ort war ein Lastwagen zu finden, der uns weiterbringen konnte. Meine Mutter, meine Schwestern, meine Brüder und ich - wir warteten einige Stunden, bis er kam.

Endlich kam der Lastwagen, und wir luden alles auf. Wir hatten ja wenig Möbel, aber Pölster, Betten, Wollmatratzen, Cacims, Kelims und Geschirr, Butter und Käse und einiges eingelegtes Gemüse für den Winter. Ich werde diese wahnsinnige Fahrt nie vergessen. Zum ersten Mal in meinem Leben sah ich einen Lastwagen, spürte das erste Mal dieses Gefühl, mit einem Auto zu fahren. Der Lastwagen war offen und die Erdstraßen waren nicht asphaltiert.

Es war Hochsommer, trocken, windig und sehr staubig. Von oben bis unten waren wir weiß vom Staub der Straße. Es war ein furchtbares Erlebnis für mich, als wir nach vier oder fünf Stunden Fahrt in Elazığ ankamen. Ich war nicht glücklich, meine Schwestern und die Mutter waren nicht glücklich. Es war Abend und schon dunkel. Mein Bruder mietete einen Bus, lud unsere Sachen ein, und wir fuhren zu meiner Schwester Gûle. Sie hatte geheiratet und war kurz vor uns nach Elazığ gezogen. Gerade hatte sie einen Sohn bekommen. Mein Bruder hatte keine Wohnung für uns gefunden, und so quartierten wir uns bei der Schwester ein.

Im Vergleich zu unserem Dorf erschien mir diese kleine kurdische Stadt traurig und kahl. Weit und breit war kein Wald auf den umgebenden Bergen zu sehen! Nur einige Weinberge, von wo der Rotwein »Buzbagi« - gekeltert aus den Stieraugentrauben - herkommt. Früher gab es eine Weinpresse und eine Kellerei in Elazığ, aber später wurden die Trauben nach Ankara gebracht und dort verarbeitet.

Nach und nach entdeckte ich auch die schönen Seiten von Elazıg:
Akazien- und Mandelhaine, Zuckerrüben- und Erdbeerfelder und viele
Gemüse- und Obstplantagen in den Ebenen rundherum.

Von den heimatlichen Wurzeln abgeschnitten zu sein, in eine fremde
Stadt zu kommen, war ein bedrückendes Gefühl. Auch wenn alle Kurdisch sprachen, wir bei meiner Schwester wohnten und einige Onkel
in Elazıg lebten. Dieses Gefühl Anfang der 70er-Jahre kann ich nicht
vergessen, das ist in mir geblieben.

Ich hatte alle Freunde verloren, mit denen ich im Dorf gespielt hatte,
mein Großvater war nicht da, und mein Vater lebte nicht mehr.
Es galt aber auch, ein neues Leben zu beginnen! Ich war sehr
neugierig auf das Unbekannte, gespannt, neue Menschen kennen zu
lernen!

Wir hatten keine Schulbesuchsbestätigung aus dem Dorf mit, so
mussten wir ein Jahr in der neuen Schule wiederholen. Da wir im
Sommer vom Land weggezogen waren, war der Lehrer nicht da gewesen, um uns die Bestätigung auszustellen. Im Dorf waren wir auch
gewohnt, dass alle fünf Volksschulklassen in einem Raum unterrichtet
werden. Aber in der Stadt war alles ganz anders. Da es viele Kinder in
Elazıg gab, hatte ein Teil der Kinder vormittags Unterricht, der andere
Teil nachmittags.

Als ich in Elazıg in die Volksschule kam, erfuhr ich von Allah, von
Mohammed, seinem Propheten, vom Koran und der Moschee. Im Islamunterricht stellte ich Vergleiche zwischen den Grundsätzen des Islam
und denen meiner Tradition an. Der Islam ist mir fremd geblieben, das
habe ich in der Volksschule und später im Gymnasium erkannt. Ich
ging vormittags zur Schule und hatte mit meinen MitschülerInnen aus
dem Bezirk einen Schulweg von ungefähr einer halben Stunde. Bald
hatte ich neue FreundInnen gefunden. In den Klassen waren sehr viele
SchülerInnen untergebracht, das war für mich sehr ungewohnt.

Neu waren für mich auch die Zeitungen, die es zu kaufen gab. Im
Dorf hatte es das nicht gegeben. Einige wenige Haushalte dort hatten
ein Radio. Manchmal versammelte sich das ganze Dorf darum, und

Ich bin bei der Arbeit im Baxcê cay (Teehaus)

wir hörten Nachrichten oder Musik. Aber Zeitungen gab es nicht, kein Fernsehen, kein Kino. All das war neu in der Stadt, und über diese neuen Fenster in die Welt erfuhr ich erstmals über eine politische Bewegung. Es war dies die revolutionäre StudentInnenbewegung, die sich seit 1968 in der Türkei verbreitet hatte.

Davon hatte ich im Dorf nichts geahnt. In den Zeitungen las ich nun von Auseinandersetzungen zwischen StudentInnen und der Polizei, gefährlichen Leuten, den TerroristInnen und KommunistInnen. Wir lasen und hörten alles mögliche, über StudentenführerInnen und die Stadtguerilla. Es wurde über die Vorgänge in Istanbul und anderen große Städten berichtet. Wir machten uns viele Gedanken darüber, was diese Menschen wohl bewegt, und wir bekamen einiges über die Weltnachrichten mit, was auf der Erde vorging.

In der Schule begannen wir, uns mit unserer eigenen Geschichte zu beschäftigen, mit unserer Identität, Sprache und Kultur, die wir in einer türkischen Schule nicht leben konnten. Die KurdInnen rund um uns hatten begonnen, ihre Sprache abzulehnen. Die Kinder meines Onkels sprachen Türkisch, nicht mehr Kurdisch. Wieder kam ich nach Hause und sagte zu meiner Mutter: »Mama, die Kinder des Onkels reden nicht Kurdisch!«

Meine Mutter wollte, dass ihre Kinder möglichst viele Sprachen lernen - Englisch, Französisch, Türkisch, Arabisch, Farsi ... Aber zu Hause verlangte sie von mir, dass ich Kurdisch spreche. Meine Mutter lernte auch in Elazıg nicht Türkisch, obwohl die Schwägerin das für notwendig hielt. Sie sagte, sie sei auf kurdischem Boden in einer kurdischen Stadt! Ginge sie nach Ankara, würde sie Türkisch lernen, aber nicht hier in ihrem Land! Und mit ihren Kindern würde sie Kurdisch reden! Aus dieser stolzen Grundhaltung heraus sagte sie zu uns: »Meine Kinder, geht hinaus und lernt alles, alle Sprachen. Aber wenn ihr durch meine Tür hereinkommt, erzählt mir in meiner Sprache, die ihr gelernt habt!«

Durch den Umzug vom Dorf nach Elazıg waren wir plötzlich arm geworden. Im Dorf waren wir reiche Bergbauern gewesen, meine Großväter tüchtig, großzügig und beliebt. Sie hatten Familien auf ihr Land geholt und ihnen Grundstücke und Häuser gegeben. Dort bauten diese Familien ihr Leben auf, halfen bei der Arbeit auf den Feldern und der Versorgung der Tiere. Hier in der Stadt mussten wir für alles bezahlen, was im Dorf kostenlos war: Getreide, Gemüse, Brot, Strom, Wasser und Miete. Wir hatten nicht einmal eine eigene Wohnung.

So begann ich ab der vierten oder fünften Volksschulklasse zu arbeiten. Ich war bei einem Fleischhauer, dort löste ich das Restfleisch von den Knochen. Wenn die reichen Familien der Rechtsanwälte und Ärzte anriefen, brachte ich die Bestellungen zu ihnen nach Hause. Dann ging ich in die Schule, und danach, am Abend, wieder in die Arbeit. Ja, das war meine erste Arbeit. Der Name dieser Fleischerei war Beyoglu Kasabi. Es waren Bekannte von mir, sehr nette Leute, die mich unterstützten. Für mich war es ein kleiner Verdienst. Ich wurde nicht von meiner Familie gezwungen, arbeiten zu gehen. Meine Schwestern Altun, Adile und Xatun und meine Nichte Ipek gingen auch nebenbei arbeiten, nahmen im Sommer kleine Arbeiten an, um zum gemeinsamen Leben beizutragen. Unsere Mutter blieb zu Hause.

Mein Bruder war Kleinverdiener. Er heiratete 1970 und bekam Kinder. Wir lebten alle gemeinsam und hatten ein gutes Verhältnis zueinander. Meine Arbeit war nicht schlecht, ich ging gerne hin. Der Verdienst war lächerlich: eine Lira pro Tag, das war nicht viel Geld, auch damals nicht. Aber ich konnte nebenbei ein bisschen Trinkgeld bekommen, und wegen meiner Art wurde ich von vielen Familien gemocht.

Einmal in der Woche konnte ich ziemlich viel Fleisch mit nach Hause nehmen, manchmal auch Wurst, Sucuk. Das gab immer Anlass zu großer Freude, und wir kochten gemeinsam.

Auch in die Schule brachte ich etwas mit, nämlich Knochen, die wir uns im Biologieunterricht genauer ansehen konnten. Wir studierten den Knochenbau der Tiere. Ich kannte mich schon gut aus, aber ich muss sagen, es grauste mir auch. Die Fleischhauerei war nicht mein Traumberuf. Aber immerhin konnte ich die Familie unterstützen, einige Schulsachen kaufen und hatte ein bisschen Taschengeld.

Ich war damals zehn Jahre alt, und wir hatten weder Spielzeug noch Kinderbücher. Wir hatten Verstecke, das waren unsere Spielplätze, die wir selbst entdeckt hatten. Wir spielten unsere selbst erfundenen Spiele auf der Straße, bei Häusern, auf unverbauten Plätzen, im Wald oder in den Weingärten. Wir spielten viel Verstecken und lernten von den älteren Kindern. Das war eine schöne Zeit.

Alte Markt in Xarpet

Ich hatte in kürzester Zeit sehr viele FreundInnen gewonnen, fast alle waren KurdInnen. Ich kannte Kinder aus der Schule, aus unserer Wohnumgebung und über meine Cousins und Cousinen. Der Umzug in die Stadt hatte uns nicht nur aus unserem Selbstversorgerleben des Dorfes gerissen, wir lernten auch einen völlig anderen Umgang der Menschen untereinander kennen. Hier erlebte ich zum ersten Mal, wie Kinder einander beschimpfen, miteinander streiten, einander schlagen und Sachen stehlen. So etwas war für uns alle ganz neu.

Ich habe während meiner Schulzeit, ab der fünften Klasse Volksschule, viele Berufe ausgeübt. Ich war Schuhputzer, Zeitungsausträger, Wasserverkäufer und Simitverkäufer (Simits sind kleine Brötchen, die man in der Früh um vier Uhr in der Bäckerei holen musste und dann, von Haus zu Haus gehend, anpries und verkaufte.) Ich verkaufte auch Kaugummi und Wäscheklammern. Dann arbeitete ich im Kaffeehaus oder im Cayxane, dem Teehaus. In der Küche eines Gasthauses habe ich auch gearbeitet, dort stieg ich bis zum Hilfskellner auf.

Bei diesen Tätigkeiten lernte ich viele Kinder kennen, denn die meisten arbeiteten. Viele davon, hauptsächlich Buben, waren ohne Zuhause und gingen nicht in die Schule. Sie hatten verschiedenste Arbeiten, etwa verbrannte Holzkohle sammeln und sie fürs Grillen zu verkaufen. Sie sammelten auch Altmetall wie Kupfer und verkauften es. Viele dieser Kinder lebten auf der Strasse, weil sie kein Zuhause hatten. Ich war mit einigen von ihnen gut befreundet. Wir lasen gemeinsam Zeitung und manchmal gingen wir ins Kino.

Ich arbeitete auch am alten Markt von Elazıg. Dieser schöne Markt gehört zu den Resten der armenischen Stadt Xarpet. Xarpet war eine antike Stadt mit Kirchen, Bädern, Burgen, Kerwansareien und einer oberen Altstadt mit alten Holzhäusern. Wein, Mandeln und Erdbeeren wurden hier gepflanzt. Heute ist nur noch ein kleiner Teil der alten Stadt erhalten.

Auf diesem alten orientalischen Markt gab es Obst, Fleisch, Gewürze und Süßigkeiten. Dort war ich Lastenträger. Ich lieferte Wassermelonen und andere Waren von Geschäft zu Geschäft und den Leuten nach Hause. Manchmal war ich auch Verkäufer an den Marktständen. Dort verbrachte ich viel Zeit mit den anderen arbeitenden Kindern. Wir hielten zusammen. Hatte ein Kind kein Geld, dann legten wir zusammen, was wir hatten, damit wir alle gemeinsam ins Kino gehen konnten. Einige der Kinder lud ich auch nach Hause ein, um sie meiner Mutter vorzustellen. Sie hatte anfänglich Bedenken - solange sie nicht mit ihnen vertraut war.

Einige von uns Kindern beschützten die Straßenhunde. Wir fütterten sie und retteten sie vor der Vergiftung. Für mich war das neu, dass Straßenhunde von der Gemeinde vertilgt wurden - vergiftet oder erschossen. Das war furchtbar für mich. Wie konnte man das den Tieren antun? Sie waren friedlich und streunten einfach von Haus zu Haus, um ein bisschen Futter zu erbetteln. Sie fraßen auch Abfälle und Müll.

Es gab einen Mann, den Kosi, der erschoss Hunde. Wir retteten viele Hunde, die er angeschossen hatte und bauten für sie Erdhöhlen, damit sie, dort versteckt, gesund werden konnten. Von den Abfallhaufen vor den Krankenhäusern sammelten wir Essensreste und brachten sie den Hunden.

Vormittags war ich in der Schule, dann rannte ich mit meinen FreundInnen zu den Krankenhäusern, um das Futter zu holen und es auf dem freien Gelände, wo wir die Hunde untergebracht hatten, auszulegen. Wir fanden auch alte Esel und Pferde, bauten für sie einen Unterstand und versorgten sie.

Doch auch die Schule war wichtig. Ich lernte, machte meine Hausaufgaben und gestaltete schöne Hefte. Danach ging es wieder zu den Hunden und in die »Arbeit«. Jeden Abend waren wir lange draußen, wir genossen unsere Freiheit, das Spielen bis in die Nacht, das Verstecken und das Schwimmen.

In der Altstadt von Xarpet gab es ein Schwimmbad, wo wir manchmal am Wochenende hingingen. Es kostete Eintritt, und auch hier legten wir unser Geld zusammen, damit alle hinein kamen. Leider reichte es nicht immer. Eigentlich sprangen wir in jedes Wasser, das wir finden konnten, und manchmal machten wir einen richtigen Ausflug zum Bergsee Gola-Hazar. In Gruppen marschierten wir zwei bis drei Stunden dorthin, und wenn wir Glück hatten, nahm uns ein Lastwagen mit. Die meisten unserer Wege gingen wir zu Fuß - in die Schule, von einem Stadtteil zum anderen und in die Arbeit. An schulfreien Tagen, wenn ich im Kaffeehaus arbeitete, musste ich das Kaffeehaus morgens um halb sechs Uhr aufsperren. Also stand ich um vier Uhr auf und machte mich auf den Weg, um rechtzeitig Wasser vorzubereiten und den ersten Tee zu kochen. Den Weg legte ich noch in der Dunkelheit zurück, und manchmal hatte ich Angst. Aber ich traf auch andere Leute, die unterwegs in ihre Arbeit waren. Mein Onkel ging zur Mehlfabrik, die in der Nähe des Cayxanes lag. Auch am Gefängnis kam ich immer vorbei.

Ich kannte von der Schule her auch Kinder aus der lokalen Oberschicht, Söhne und Töchter von ÄrztInnen. Obwohl sie anfänglich eher zurückhaltend waren, waren meine FreundInnen und ich willkommen, und wir fühlten uns bald wie zu Hause.

Ein Mädchen, Filiz, war untertags mit ihrer Großmutter allein zu Hause. Die Großmutter sah nicht mehr sehr gut, und so schlüpften wir dort ein und aus und nahmen Schokolade und Obst mit. Filiz hatte auch immer Zugang zu den Zigaretten ihrer Eltern, und wir alle probierten und rauchten. Oft kaufte ich für meine FreundInnen Zigaretten, ausländische Marken wie Marlborough und Kent. Die verbargen wir in Verstecken. Für mich hatte ich nie Zigaretten dabei. Ich hatte das Gefühl, es sei nicht richtig, und es war auch nicht mein Stil.

Cousine Gûler (links) und meine Schwester Adile (rechts) und Gûle.

Unser Lieblingstreffpunkt war der Krankenhausgarten, ein riesiges Gelände rund um das Spital, wo es Wiesen und Maulbeerbäume gab. Das war unsere Traumwelt. Aber diese Traumwelt wurde von zwei Männern bewacht. Einer war eher gutmütig und traute sich nicht viel, weil die Arztkinder dabei waren. Der andere war bösartig, und wir brauchten einige Zeit und viele Worte, bis er uns in Ruhe ließ.

Neben dem Spital war die Nervenklinik, die Psychiatrie. Wir gingen oft dorthin, denn Eltern von FreundInnen arbeiteten in der Küche, und eine von ihnen war Krankenschwester. So hatten wir auch Kontakt zu den psychisch Kranken.

Es gab eine geschlossene Abteilung, wo alle ganz nackt eingesperrt waren, Frauen und Männer getrennt. Wir sollten dort nicht hingehen, die Insassen seien gefährlich für uns Kinder, hieß es. Aber wir stiegen über die Mauern, und durch die Gitter hindurch sprachen wir mit ihnen. Die Frauen nahmen unsere Hände, streichelten sie, redeten und erzählten die Geschichte ihres Lebens. Das war sehr schön, sie zu hören. Wir nahmen auch sie als Teil der Gesellschaft wahr, und konnten mit ihnen reden. Wir sahen aber auch, wie sie sich gegenseitig blutig schlugen. Sie konnten nicht anders, eingesperrt mit den anderen und viel zu eng zusammengepfercht. Sie wurden auch von den PflegerInnen geschlagen. Manche ÄrztInnen wollten uns vertreiben, andere ließen uns bleiben, weil sie uns kannten. Die PatientInnen fragten immer nach uns, wenn wir einige Tage nicht kommen konnten, und auch nach denen, die einmal nicht dabei waren.

Wir lernten dort Menschen kennen, die während des Militärputsches gefoltert worden und dadurch psychisch erkrankt waren, Menschen die vom Zypernkrieg krank zurückgekommen waren, und von ihren Familien in die Psychiatrie abgeschoben wurden. Und Menschen, die wegen Erbschaftsstreitigkeiten oder ähnlichen Kleinigkeiten eingeliefert worden waren, und dann mit schweren Medikamenten unter Druck gesetzt wurden.

Durch unsere Kontakte zu den PatientInnen und dem Pflegepersonal sowie durch das Futtersammeln für die Hunde waren wir bekannt dort. Viele der Krankenschwestern und PflegerInnen stammten aus Mittel-

Im Gymnasium in Xarpet mit Schulfreunden

anatolien und hatten sich für drei Jahre in der Psychiatrie verpflichtet. Für sie waren wir die Ersatzgeschwister. So waren unsere Traumwelt, unsere Spielwiese und die Krankenhauswelt miteinander verbunden. Viele ÄrztInnen, PflegerInnen und Krankenschwestern waren politisch tätig. Manche von ihnen traf ich später in anderen Situationen und Bereichen wieder.

Später, als ich dreizehn, vierzehn Jahre alt wurde, nahmen diese Kontakte ab. Ich widmete mich mehr der kulturellen und sozialen Arbeit, der Beschäftigung mit kurdischer Sprache und Kultur. So folgte ich meinen Neigungen.

In der kleinen, reichen Oberschicht von Elazıg fanden sich auch Unternehmer im Baugewerbe und Großgrundbesitzer mit landwirtschaftlichen Produktionsbetrieben. Es gab eine kleine Mittelschicht. Die breite Unterschicht bestand aus Menschen, die meist aus ländlichen Gebieten zugezogen waren.

Vor allem in diesen Familien herrschten Armut, Gewalt, Alkohol-, Drogen- und Spielsucht. Die patriachalen Strukturen, die von staatlicher Seite unterstützt wurden, hielten die Menschen gefangen. Dazu kamen das autoritäre Schulsystem und das Fehlen von sozialen Einrichtungen. Das Leben der BewohnerInnen von Elazıg bildete den Hintergrund meiner politischen und sozialen Arbeit.

Kupferkessel wird galvanisiert am Markt von Xarpet

Weiße Farbe auf der Mauer

Ich interessierte mich für die Welt, für meine Geschichte, meine Wurzeln und meine Vorfahren. Ich interessierte mich für die Weltgeschichte, und ich setzte mich mit Gerechtigkeit und Ausbeutung auseinander. Dies brachte mich der Gewerkschaftsbewegung nahe, da ich schon Erfahrungen in der Arbeitswelt gesammelt hatte. Auch für die politische Arbeit in der Schule interessierte ich mich. Es waren heftige Jahre, in denen ich viel arbeitete, lernte und meine Persönlichkeit und mein politisches Bewusstsein entwickelte. Sie waren sehr wichtig für meine Entwicklung.

1970/71 war der Militärputsch. Nach 1974 wurde alle Hoffnung auf Ecevit gesetzt. Es gab demokratische Wahlen und mit der CHP eine sozialdemokratische Partei, die mit der MSP, einer religiösen Partei unter Erbakan, eine Koalition einging. Beide versprachen mehr Rechte und ein Ende der Militärregierung. Aber stattdessen kam der Zypernkrieg, und niemand hat die Folgen des Militärputsches aufgearbeitet.

Einige demokratische Parteien wurden zugelassen, etwa die TSIP, die Arbeiterpartei und die Birlik Partisi. Die Gewerkschaften wurden neu formiert und forderten Sozialversicherung, ein Pensionssystem und höhere Löhne. Und es gab zunehmend Streiks und endlose Verhandlungen. Die Solidaritätsbewegungen wurden stärker. Da viele Kinder arbeiteten, wurden Kinder- und SchülerInnengewerkschaften gegründet. Das Solidaritätsgefühl wuchs - unter den BeamtInnen, ArbeiterInnen und LehrerInnen, unabhängig von der Muttersprache, und es wurden viele Themen diskutiert.

Die Birlik Partisi war eine demokratische Partei, die von vielen sozialistischen und sozialdemokratischen Menschen unterstützt wurde. Viele von uns waren Mitglieder, obwohl wir eigentlich noch zu jung dafür waren. Ich war vierzehn oder fünfzehn Jahre alt. Wenn die Polizei zu den Versammlungen kam, um uns zu überprüfen, gingen wir einfach, oder wir sagten, wir wären auf Besuch da mit unseren Cousins oder brachten irgendwelche anderen Ausreden vor. In dieser Zeit, 1974 bis '76, war die Blütezeit der linken Parteien. Alle demokratischen Kräfte hatten sich legal formiert. Als 1976 das Parteilokal der Birlik Partisi geschlossen wurde, setzten wir unsere erste politische Aktion.

Wir versammelten uns und dachten nach, was wir tun könnten, um etwas in Bewegung zu setzen. Wir wollten unbedingt einen Teil der politischen Arbeit übernehmen. Und so kamen wir darauf, dass wir Parolen auf Wände schreiben könnten. Der erste Vorschlag kam von mir. Kurdara Azadi, Freiheit für KurdInnen. Wir besorgten von den Baustellen Kalk, lösten ihn in einem Kübel mit Wasser auf und erhielten auf diese Weise weiße Farbe. Dann warteten wir auf die Dunkelheit.

Neben unserer Mittelschule gab es einen riesengroßen Park, der erst vor kurzem neu angelegt worden war. Als ich nach Elazıg gekommen war, gab es an der Stelle einen großen, schönen Friedhof. Ich hatte mich darüber schon gewundert und dann erfahren, dass es ein armenischer Friedhof war, wo auch einige KurdInnen begraben waren. Er hatte schöne, beschriftete Grabsteine. Es war ein besonderer Ort mit vielen Bäumen und rundherum einer Steinmauer. Als Kinder holten wir dort Äpfel, Birnen, Kirschen und sogar Weintrauben.

Dann ist der Friedhof von der Gemeinde aufgelassen und dem Erdboden gleichgemacht worden. Die Grabsteine wurden weggebracht oder zerstört. Es wurde eine riesige Parkanlage mit Kinderspielplätzen und Sitzbänken errichtet. Wenn man die Geschichte nicht kennt, ist es ein schöner Ort, ein grüner Park mit Bäumen und Rosen. Aber wenn man weiß, dass dort die Toten liegen, kann man nicht unbeschwert über den Grabstätten lustwandeln. Manchmal ging ich, um in die Schule zu kommen, durch den Park. Aber das Betreten des Parks bereitete mir ein schlechtes Gewissen. Auch dort zu spielen, wie es meine Freunde oft taten, war für mich ein Problem, und wir diskutierten viel darüber.

An dem Abend, für den unsere erste Aktion geplant war, trafen wir uns in jenem Park. Wir wollten »Kurdara Azadi« auf die Parkmauer und unsere Schulmauer schreiben, auch »Mehr Toleranz«, »keine Gewalt in der Schule«, »Recht auf Muttersprache«. Das waren einige der Parolen, die uns am meisten am Herzen lagen, und die wir uns für diesen Abend zurechtgelegt hatten. Als es dunkel geworden war, hatten wir alles vorbereitet. Gegen dreiundzwanzig Uhr begannen wir zu schreiben und hatten bald »Kurdara Azadi« aufgemalt. In unsere Beschäftigung vertieft, hörten wir plötzlich Schritte, die sich näherten. Sie kamen aus der Richtung der Militärkaserne auf der anderen Straßenseite. Lampen leuchteten auf, Polizisten und Wachebeamte erschienen aus der Dunkelheit, und wir stoben auseinander. Ich hatte fürchterliche Angst, rannte und versteckte mich hinter der Türe einer nahe gelegenen WC-Anlage. Ich war mit vierzehn Jahren der Jüngste der Gruppe. Da stand ich hinter der Klotüre und wagte kaum zu atmen. Ich hatte vorher noch nie mit der Polizei zu tun gehabt, aber ich wusste, dass als Folge so einer Aktion die Todesstrafe drohte. Ich stand also da, ganz starr, mit angehaltenem Atem und dachte an die Toten unter dem Park. Ich bat sie, mich zu schützen und sagte: »Jene haben eure Gräber geschändet und haben euch nicht geachtet. Bitte schützt mich, ich will nicht verhaftet werden, ich will nicht der Polizei in die Hände fallen, schützt mich bitte!« Dadurch wurde ich ganz leise und ruhig.

Sie erwischten meine Freunde, einen nach dem anderen. Sie fanden den Kübel mit der Farbe und wussten genau, wie viele wir waren. Sie suchten nach mir und meinem Freund. Ihn fanden sie, mich aber nicht. Es schien, als könnten sie mich nicht sehen. Hundertmal kamen sie in dieses Klo und drückten mich hundertmal mit der Türe an die Wand. Aber sie entdeckten mich nicht - auch nicht, als sie nochmals mit Lampen kamen. Ich weiß nicht, wie viele Stunden ich dort wartete, bis die Stimmen verstummt und endlich weg waren.

Schließlich trat ich in die Dunkelheit hinaus und ging langsam durch den ehemaligen Friedhof. Ich schlich leise von Haus zu Haus, um den Eltern meiner Freunde zu sagen, dass die Freunde verhaftet worden waren. Ich hoffte, dass belastendes Material, wie Flugblätter, Zeitungen oder Bücher zu Hause von den Familienangehörigen versteckt oder vernichtet würden.

Dann ging ich nach Hause und legte mich im Dunkeln leise in mein schon aufgeschlagenes Bett. In meiner Brust klopfte laut mein Herz, ich war ganz aufgewühlt. Angst und Sorge um meine Freunde lagen wie Felsblöcke auf meiner Brust. Ich verkroch mich unter die Decke, konnte aber nicht schlafen. In der Früh stand ich auf und ging weg. Ich tauchte bei Freunden und bei meiner Schwester unter. Nach ein paar Tagen kam ich wieder heim, erzählte aber nichts vom Vorgefallenen. Dann kam die Polizei mit mehreren Autos und einem Jeep, worin einer der Verhafteten saß, um mich zu holen. Die Menschen aus dem Viertel liefen zusammen. Ich überlegte zu fliehen, aber eine innere Stimme gebot mir zu bleiben. Die NachbarInnen und Bekannten rundherum wollten uns nicht mitgehen lassen. Aber schließlich nahm mich die Polizei doch mit.

Also lernte ich mit fünfzehn Jahren das erste Mal das Polizeigefangenenhaus kennen. In diesem Gefangenenhaus befanden sich kleine, feuchte und dunkle Zellen ohne Bett oder Matratzen. Dort stießen sie mich hinein und nahmen mir meinen Gürtel und meine persönlichen Sachen weg. Nach ein paar Minuten holten sie mich wieder und schlugen mich wütend.

Ich sagte: »Was ist los, warum schlagt ihr mich, was habe ich getan?« Sie beschimpften mich, schrieen herum: » Sag uns jetzt die Wahrheit, wir kriegen alles heraus! Deine Freunde und du, ihr habt das alles gemacht! Wir werden alles herauskriegen, was ihr alles verbrochen habt! Ihr seid Kommunisten! Ihr seid Kurden und wollt dieses Land teilen! Ihr wollt uns dieses Land nehmen!«

Ich versuchte ruhig zu bleiben, aber wegen der Schläge und Fußtritte musste ich weinen. Ich zitterte in meiner kindlichen Angst und wusste nicht, was ich sagen sollte.

Früher hatte ich einmal wegen eines Streits im Bazar im Polizeirevier übernachten müssen. Ich wusste, dass ein kurdischer Beamter dort arbeitete, der Vater eines Schulfreunds. Er kam in der Früh, aber er tat so, als kenne er mich nicht. Dann sprach er doch mit mir, und als ich ihm erklärte, dass ich unschuldig sei und nichts getan hätte, sagte er: »Ihr habt »Kurdara Azadi« geschrieben.« Ich stritt es ab.

Dann brachten sie mich zur politischen Abteilung der Polizei, wo auch meine Freunde inhaftiert waren. Ich kannte die Abteilung aus Erzählungen von Inhaftierten, aber auch, weil wir als Kinder, gegen ein kleines Taschengeld Holz und Kohle vom Markt an die Polizeistation geliefert hatten. Als ich sah, wohin sie mich brachten, war mein erster Gedanke, dass sie uns furchtbar behandeln würden. Mir wurde gesagt, ich solle die Namen aller meiner Freunde angeben. Ich solle auch aussagen, dass nicht ich dabei war, sondern ein anderer AliRıza, nämlich AliRıza Koshar. Das ist ein Kurde, der in Istanbul Politikwissenschaft studiert hatte. Er hatte sich 1968 an der StudentInnenrevolte beteiligt und sich gegen die 6. NATO Flotte engagiert. Daraufhin wurde er von der Universität ausgeschlossen und war jahrelang im Gefängnis. Nach seiner Freilassung ging er zurück ins kurdische Gebiet, nach Elazığ. Er stammt aus einer berühmten kurdischen Familie, einem Zazastamm und spricht wie ich Zazaki.

Die Polizisten sagten also, ich solle diesen AliRıza belasten, und sagen, dass ich selber nicht dabei gewesen war - und das, obwohl wir diese Aktion im Alleingang geplant hatten.

Erst nach einer Weile gelang es mir endlich, mit einem meiner Freunde zu reden. Ich teilte ihm mit, dass ich beabsichtige, etwas zuzugeben. Und zwar wollte ich sagen, dass wir sozialdemokratische Parolen für Ecevit aufmalen wollten. Also versuchte ich es mit dieser Strategie. Aber die Polizisten lachten mich aus und beschimpften mich wieder. Ich solle doch die Wahrheit sagen, dass AliRıza Koshar das alles veranlasst habe, und dass er uns dazu gezwungen habe.

Es gab ein Verhör nach dem anderen. Nach zwei Tagen Verhör wurde ich fürchterlich geschlagen und getreten. Meine Beine waren blau von Blutergüssen und mein Gesicht war geschwollen. Erstmals gefoltert zu werden und diese Ungerechtigkeit zu spüren, machtlos der Grausamkeit der Polizisten gegen uns Minderjährige, fast noch Kinder, ausgesetzt zu sein, war ein schreckliches Erlebnis.

Eine furchtbare Woche ging dahin, in der ich von einer Zelle in die andere kam. Dann gab es eine Verlegung in ein anderes Polizeirevier, in der Nähe der Textilfabrik. Ein kleines Revier mit ebenso brutalen und wütenden Polizisten, die uns wieder schlugen. In der Zelle war nur der blanke Boden. Es gab weder Decken noch Matratzen. Die Nächte waren sehr kalt, und wir hatten keine warmen Kleidungsstücke mit. Ich konnte vor Kälte nicht schlafen und beschwerte mich. Man befahl mir, ruhig zu sein, sonst würde man mir noch alles wegnehmen. Ich sagte: »Ja, nehmt mir den Beton weg, dann habe ich wenigstens die Erde wieder.«

Nach Tagen und Nächten wurde das erste Mal Besuch erlaubt. Mein Bruder kam und fragte, wie es mir gehe, und ich begann zu weinen, und sagte, dass es mir sehr schlecht gehe. Mein Bruder sagte, dass sie versuchen würden, uns hier herauszubekommen. Er hatte auch eine gute Nachricht. Meine Schwester Altun war mit ihrem Mann nach einem Jahr in Österreich das erste Mal wieder daheim in Kurdistan! Sie war an dem Tag angekommen, als ich verhaftet wurde. Das war aber der einzige Grund zur Freude, denn dann kam der Prozess.

Der älteste meiner Mitgefangenen, Ali, wurde verurteilt. Sie hatten in seiner Tasche einen Brief mit revolutionärem Inhalt gefunden, den sie AliRıza Koshar zuschrieben. Wir anderen wurden freigelassen, nachdem wir die Geschichte mit den sozialdemokratischen Parolen für Ecevit ausgesagt hatten. Da wir minderjährig und nicht vorbestraft waren, musste man uns freilassen. Das Verfahren aber lief weiter. Für das Parolenschreiben (»Kurdara Azadî« – Freiheit für Kurden) drohte uns die Todesstrafe. In Abwesenheit wurden wir dann auch zum Tode verurteilt. Aber aufgrund unserer Jugend wurde die Strafe reduziert, und nach einem Berufungsverfahren blieben zuletzt sieben Monate Gefängnis über. Die habe ich später in Izmir abgesessen.

Meine Schule suspendierte uns damals. Ich galt als gefährlicher Revolutionär. Ich kämpfte dafür, trotzdem in der Schule zu bleiben, aber es half nichts. Der Schuldirektor und der Stadtschulrat hatten Weisung vom Gericht. Ich argumentierte, dass sie nicht einmal wüssten, was ich getan habe, aber das war ihnen egal. Meine Klassenlehrer halfen zu mir – sie stellten mir trotz meiner Suspendierung ein Abschlusszeugnis aus.

Also musste ich mir wieder Arbeit suchen. Aber davor fuhr ich nach Dersim zu meiner Lieblingstante. Ich wollte mit den Tieren in den Bergen leben, Tag und Nacht Kurdisch sprechen, mit den älteren Leuten reden, um mehr über meine Familiengeschichte zu erfahren und Erzählungen über meinen Vater und meinen Großvater hören.

Die Leute erinnerten sich an meine Vorfahren, sie kannten meine Familie, meinen Familiennamen und meinen Hausnamen. Ich erfuhr viele schöne Dinge über meine Familie, die ich nicht gewusst hatte. Und so blieb ich einige Monate, ging wie ein Hirte mit den Tieren auf die Alm, denn die Kinder des Dorfs wollten das gar nicht mehr tun, wenn sie endlich schulfrei hatten.

Danach ging ich wieder nach Elazıg zurück, wo mein Bruder inzwischen als Beamter in der Zuckerfabrik arbeitete. Dort gab es ein Teehaus für BeamtInnen, in dem eine Stelle als Teejunge frei geworden war. Also begann ich, Tee zu servieren. Der Besitzer war sehr nett und freute sich über mich. Aber ich sagte ihm gleich, dass ich nach der Beendigung der Suspendierung wieder in die Schule gehen würde. Er sagte mir, man wisse nie, was das Leben so bringt. Ich sparte mein Geld und kaufte ein paar Schulsachen.

Der Sommer war schnell vorbei. Mein Chef war nicht begeistert, als ich ging, auch die BeamtInnen waren traurig, sie mochten mich, und das beruhte auf Gegenseitigkeit. Ich hatte viele neue Erfahrungen sammeln können, und die Arbeit war auch schön gewesen. Als ich zurück in die Schule kam, war ich für die Schulbehörde weiterhin eine gefährliche Person, ein Revolutionär, ein Kurde, ein Kommunist. Ich engagierte mich sehr in der SchülerInnenbewegung. Wir wollten Bildung für alle, Gratisschulbücher, das Ende des Uniformzwangs, Unterstützung für arme Familien, Gesundenuntersuchung für SchülerInnen, wir forderten eine Krankenversicherung, mehr Rechte für die Schulkinder und freien Zugang zur Universität für alle, ohne diskriminierende Aufnahmekriterien. Wir setzten uns mit unseren MitschülerInnen auseinander und versuchten, eine politische Bewegung zu gründen, um uns gegen Ungerechtigkeiten in der Schule zu wehren - gegen Gewalt, die sich darin ausdrückte, dass uns die LehrerInnen schlagen und erniedrigen konnten.

Wir hatten auch Kontakt zur Gewerkschaft und zum LehrerInnenverein. Es war eine gute Zeit. Es herrschte Aufbruchsstimmung, und es formierte sich ein neues Bewusstsein in der Gesellschaft. Denn einige Jahre nach dem Putsch 1971/72 waren die demokratischen Kräfte wieder erwacht und begannen, sich gegen Ausbeutung, für Menschenrechte und für die Demokratie neu zu organisieren.

Bei uns im Gymnasium war die Zeit voller Bewegung. Langsam bauten wir unsere SchülerInnenbewegung auf. 1977/78 gründeten wir einen neuen Verein. Da man 18 Jahre alt sein musste, um Vereinsmitglied zu sein, fälschte ich meinen Schülerausweis. Das machte mir später nach meiner Verhaftung große Probleme. Mir wurde Dokumentenfälschung vorgeworfen. Ich gab an, dass ich den Ausweis wegen meiner Arbeit im Kaffeehaus gebraucht hätte.

Aber auch die Gegenseite schlief nicht, schläft nie. In dieser politisch turbulenten Zeit gab es heftige Auseinandersetzungen zwischen den Parteien. Von der Regierungsseite wurden die Grauen Wölfe und religiöse Bewegungen unterstützt, die eindeutig faschistischen Charakter hatten. Diese türkisch-nationalen, antidemokratischen Gruppen übten Terror aus, provozierten Straßenschlachten, überfielen und ermordeten demokratisch gesinnte LehrerInnen, GewerkschafterInnen und

ProfessorInnen der Universitäten. Bei diesen Verbrechen taten sich besonders die Grauen Wölfe hervor. Die Regierung unterstützte und schürte bewusst die Gewalt. Die Grauen Wölfe wurden gegen die linken Bewegungen und gegen die demokratischen Kräfte im Land eingesetzt.

Wir hatten einen Verein für kurdische Bildung, in dem wir unter anderem versuchten, die Fragmente der kurdischen Geschichte und unserer Sprache zusammenzusammeln. Es war schön, diesen Aufbruch mitzuerleben und mitzugestalten. Es entstanden verschiedenste engagierte Organisationen, linke Gruppierungen, die kurdische Bewegung.

Ich war bei einer Vereinigung, die sich für die Zusammenarbeit der Minderheiten in der Türkei und für ein sozialistisch demokratisches System einsetzte. Einige kurdische Gruppierungen wollten ein unabhängiges Kurdistan. Wir diskutierten viel, und es gab Meinungsverschiedenheiten. Die größeren Auseinandersetzungen zwischen den linken Gruppen kamen erst später, ab dem Jahr 1977. Die Polizei versuchte, die Gegensätze zu verstärken und die Auseinandersetzungen zu schüren.

Die Kämpfe mit den Grauen Wölfen waren an der Tagesordnung und wurden vom System unterstützt. Es gab viele Diskussionen, Demonstrationen und öfters Straßenschlachten. Es gelang uns, eine eigene Zeitung herauszubringen und andere verbotene Zeitungen aus den Großstädten zu bekommen. Wir verteilten oder verkauften die Zeitungen oft unter dem Einsatz unseres Lebens. Es konnte den Tod bedeuten, beim Zeitungsverkauf oder auch nur mit der Zeitung erwischt zu werden, denn sowohl die Grauen Wölfe als auch die Polizei waren hinter uns her.

So entwickelten wir die Strategie, durch die Strassen zu gehen und die Zeitung zu verkaufen und die Inhalte auszurufen, um die Menschen auf uns aufmerksam zu machen. Eine andere Gruppe gab uns Schutz vor den Angriffen der Grauen Wölfe. Und obwohl wir Gewalt ablehnten, war die uns schützende Gruppe bewaffnet. Wir flohen, wenn bedrohliche Gruppen auftauchten, aber falls das nicht mehr möglich gewesen wäre, wären Waffen zur Verteidigung vorhanden gewesen.

Es wäre uns lieber gewesen, wenn unterschiedliche politische Ansichten erlaubt und akzeptiert gewesen wären - es hätte uns das Waffentragen erspart. Doch bevor man in die Hände der Grauen Wölfe oder der Polizei geriet, bevor man ins Folterzentrum oder ins Gefängnis kam, rettete man sein Leben. 1978 wurden ein Freund und ich von den Grauen Wölfen fast ermordet. Wir wollten bei der Handelsakademie Freundinnen abholen und hatten uns eine bestimmte Zeit ausgemacht. Eine Gruppe jugendlicher Schüler sah uns und umkreiste uns. Sie fragten uns aus, und wir dachten uns nichts Gutes. Wir sagten, wir verstünden nichts von Politik, wir wollten unsere Freundinnen und Cousinen abholen, und dass wir in eine andere Schule, ins Gymnasium gingen. Das war ihnen ein Dorn im Auge, denn dorthin gingen die Linken und die Sozialdemokraten. Obwohl die anderen Jugendlichen auch Kurden waren, gehörten sie zu den Grauen Wölfen. Sie zogen einfach ihre Messer und gingen auf uns los. Ich sagte auf Kurdisch zu meinem Freund: »Spring du auf die eine Seite, ich springe auf die andere, sonst haben wir keine Chance.«

In jenem Moment, in dem ich die Messer sah, fühlte ich mich dem Tod nahe. Ich suchte mir den Schwächsten im Kreis aus und sah einen Dünnen mit einem Messer in der Hand. Ich sprang auf ihn los, stieß ihn um, sprang über ihn hinweg aus dem Kreis und rannte los. Ich lief und lief und sah noch, dass mein Freund auch losgerannt war. Ich wollte zum Taxistandplatz, wo ein Bekannter von uns arbeitete. Falls ich es bis zu ihm schaffte, wäre mein Leben gerettet.

Ich sprang knapp vor einem Auto über die Strasse und wurde fast mitgerissen. Aber ich war entkommen, und die Verfolgergruppe blieb zurück. Das Auto hatte mein Leben gerettet. Ich kam zu meinem Bekannten auf dem Taxistandplatz, und die Verfolger ließen von mir ab. Dafür waren sie hinter meinem Freund her. Der rannte Richtung Markt und versteckte sich in einem Haus bei einer Frau. Er sagte ihr, dass Jugendliche hinter ihm her seien, die ihn schlagen wollen, und dass er nicht in diesem Bezirk wohne.

Sie half ihm und nahm ihn zu sich in die Wohnung. Dort gab sie ihm Wasser und tröstete ihn. Er blieb so lange bei ihr, bis seine Verfolger abgezogen waren.

Nachher trafen wir uns mit unseren FreundInnen im Vereinslokal und erzählten einander alles, erleichtert über den guten Ausgang. Später gab es auch noch ähnliche Zusammenstöße, aber das war das schlimmste Erlebnis. Wir kamen überein, das nächste Mal nicht unvorbereitet zu sein. Wir würden nur mehr in kleinen Gruppen gehen, damit wir derartigen Gefahren nicht mehr ausgesetzt sein würden.

Ich stürze ...

Nach dem Gymnasium wurde es bedrängender für mich. Meine Schwester Adile geriet 1978 auf dem Heimweg von der Schule in eine Auseinandersetzung zwischen zwei rivalisierende Banden und wurde dabei von einer Kugel getroffen. Es war ein Steckschuss quer durch die Wirbelsäule. Ein Taxifahrer brachte sie ins Krankenhaus. Sie wurde in Dıyarbakır, einer benachbarten Stadt, behandelt und konnte daher nicht einvernommen werden. Ein Jahr später wollte mir die Polizei diesen Vorfall anhängen. Die Aussagen meiner Schwester waren karg und die Polizei meinte, dass in einer politischen Familie wie unserer so etwas durchaus vorkommen könne.

Für mich war die Hauptsache, dass Adile, meine ältere Schwester, am Leben geblieben war. Ich hatte mit ihr auch politisch eng zusammengearbeitet. Die Ärzte, die sie behandelt hatten, waren erstaunt und konnten nicht glauben, dass sie ohne Krücken zu gehen vermochte.

Geschützt von Freunden schloss ich noch das letzte Schuljahr ab. Dann floh ich und tauchte unter. Ich war einmal da, einmal dort. Im Juni 1979 verbrachte ich einige Wochen in Dersim, danach fuhr ich mit einem Freund nach Izmir, um an der dortigen Universität die Aufnahmsprüfung abzulegen. Ich versuchte dort auch politisch etwas aufzubauen.

Ich arbeitete und studierte und das politische Engagement ging weiter. Anfang November 1979 war ich nach einer Versammlung auf der Universitäts-Zahnklinik. Bei den darauf folgenden Auseinandersetzungen auf dem Universitätsgelände wurde ich mit einigen anderen verhaftet und eingesperrt. Mir wurde vorgeworfen, dass eine der Waffen, die dort gefunden worden waren, mir gehöre. Das stimmte nicht. Nach vielen Foltertagen war ich soweit, dies zu übernehmen. Ich versuchte der Polizei zu erklären, dass ich politisch nicht aktiv, sondern nur ein Besucher der Versammlung gewesen sei.

Ich wurde gefragt, woher ich die Waffe hätte und ich erwiderte, sie sei ein Geschenk meines Vaters. Obwohl dies in meiner Familie nicht üblich war, schilderte ich etwas übertrieben, dass jeder Bursch und jeder Mann in Kurdistan eine Waffe trüge, sonst sei er kein Mann. Jedenfalls wich ich damit den Fragen nach meiner politischen Tätigkeit aus und leugnete diese. Mein beharrliches Leugnen machte die Polzisten so wütend, dass sie mich zur Folter abführten.

Folter in Simirna (Izmir)
Ich werde nackt ausgezogen, mit kaltem Wasser übergossen, mit verbundenen Augen in einen Raum geführt, verwirrt. Ich muss mich runterbeugen, aufstehen, rechts, links, ich glaube, dass ich durch das ganze Gebäude geführt werde. Ich werde an den Armen an einen Haken, an ein Kreuz gebunden, jesuskreuzähnlich, ich kann es nicht genau sagen, weil meine Augen immer zu sind. Dann wird unter meinen Füßen der Tisch, oder was immer, weggezogen und ich bin in der Luft.

Sie hängen an meine Finger, an meine Zehen, an mein Glied, an meine Brust, an meine Ohrläppchen, an all die empfindlichen Stellen, Elektroden. Ich bin nass und sie geben mir Elektroschocks - ein höllischer Schmerz. Ich schreie und schreie. Ich denke ich platze, meine Nieren platzen, meine Körperteile platzen.

Irgendwann finde ich den Weg zum Schreien, nur Schreien, nur Schreien. Das geht einige Minuten. Es gibt Pausen, wenn ich ohnmächtig werde, und ich weiß nicht, wie viele Stunden es dauert. Irgendwann schleppen sie mich wieder in die Zelle, werfen mich auf meine Kleider. Es ist kalt, ich ziehe mich an.

Das nächste Verhör beginnt. Jeden Tag: Folter, Verhör, Folter - nicht nur Elektroschocks. Sie schlagen. Jedes Mal, wenn ich zur Folter geführt werde, erniedrigen sie mich. Ich werde nackt ausgezogen, sie spielen mit meinen Genitalien, versuchen herauszufinden, wo ich hingehöre, zu welcher Partei, für wen ich arbeite.

»Ich bin Mensch, ich arbeite für mich, ich bin für Menschlichkeit, ich arbeite für den Frieden, ich möchte, dass die Folter aufhört, ich möchte, dass Demokratie in dieses Land kommt. Ich liebe dieses Land!«

Das macht sie verrückt, sie wollen mich nicht hören, sie sehen mich als Feind des Landes. Sie sagen: »Ihr Studenten!« Und dann kommt dazu, dass ich Kurde bin, dass ich aus kurdischem Gebiet, aus Dersim stamme.

Sie klemmen mich in einen Autoreifen, damit mein Kopf nicht auf den Beton schlägt. Mein Kopf in einen Reifen, meine Mitte in einen Reifen, meine Füße hoch - sie nennen das Falaka. Die Füße werden gebunden, hochgezogen, und jemand schlägt mich: ein Schlag nach dem anderen, ein Schlag nach dem anderen.

Schreie, Schreie, Schreie.

Irgendwann geben sie auf, sie bringen mich wieder zum Verhör. »Red jetzt, unterschreib!« Ich sage: »Ich unterschreibe nichts, meine Augen sehen nichts, ich muss lesen, ich kann so nicht unterschreiben. Ich möchte die Aussage lesen, die ich mache!« Sie sagen: »Nein, du musst einen Zettel nehmen und unterschreiben. Wenn nicht, wird die Folter weitergehen. Zehn Tage lang.«

Nach zehn Tagen Haft mit Schlägen und Misshandlungen im Gefängnis Buca in Izmir werde ich vor Gericht gestellt.

Ich versuchte auch den Richter davon zu überzeugen, dass die Waffe ein Geschenk gewesen sei, und ich nie wieder in meinem Leben eine Waffe tragen würde. Aber er schenkte mir kein Gehör, verurteilte mich, und ich kam ins Gefängnis.

Während der Folter hatte ich ausgesagt, ein gewisser Hursit sei mein Onkel. Er war im gleichen Haus als Chef der Fingerabdruckabteilung beschäftigt, und ich kannte ihn aus dem Sommer 1979 aus Cesme bei Izmir, wo ich gearbeitet hatte. Er war Kurde, seine Eltern stammten aus Dersim. Ich hatte nicht erzählt, dass ich in Elazıg bereits zum Tode verurteilt worden war, der Akt war nicht nach Izmir weitergegangen, und man wusste hier nichts davon.

Die Wächter fragten mich nach meiner Familie, und wer sich um mich kümmere. Ich erwiderte ihnen, dass meine Familie in Kurdistan lebe und ich hier in Izmir nur ein paar Cousins hätte. Die kämen vielleicht hin und wieder zu Besuch. Ich wurde auch gefragt, wo ich inhaftiert werden will. Ich wollte in die politischen Abteilung, da ich annahm, dass die Solidarität unter den politischen Gefangenen größer sei. Da ich keine Familie in Izmir hatte, wurde mir dieser Wunsch gewährt.

So wurde ich in der politische Abteilung aufgenommen. Es gab drei verschiedene Gruppen mit insgesamt mehr als zweihundert Menschen. Sie hießen mich willkommen und begrüßten mich sehr herzlich. Ich war unglaublich erschöpft, und als sie meine Beine mit den Folterspuren sahen, erbot sich sofort ein Mitgefangener, einen Brief ans

Höchstgericht zu schreiben und einen Arzt zu organisieren. So konnte ich vom Arzt bestätigen lassen, dass ich gefoltert worden war und wurde deswegen nochmals vor Gericht angehört. Doch den Richter interessierte dies nicht.

Leider kam bald danach mein Akt aus Elazığ an. Da ich in Elazığ minderjährig und unbescholten gewesen war, wurde die Todesstrafe zu sieben Monaten Gefängnis umgewandelt. Wieder musste ich vor den Richter, der mir vorwarf, falsche Aussagen gemacht zu haben. Ich leugnete und erwiderte, dass ich nicht die Person sei, die im Akt beschrieben ist.

Danach kam ich zu irgendeinem Vertretungsrichter, die Folterpolizei war auch dabei, und dann wurde ich ins Gefängnis geworfen. Ich sagte nicht, dass ich gefoltert wurde, ich traue mich nicht, denke die Polizisten nehmen mich wieder mit. Und ich erfahre dann im Gefängnis, dass es allen so geht. Niemand berichtet von der Folter, niemand sagt: »Schau mal auf meine Füße, schau mal, ich bin geschlagen worden!«

Ich hatte die mir vorgelegten Zettel nicht unterschrieben. Aber da die Polizisten unterschrieben hatten, glaubte mir niemand, und die Richter glaubten der Polizei.

In der zweiten Abteilung des Gefängnisses waren so an die hundertzwanzig Menschen auf engem Raum, aber mit einem Gefühl von Solidarität, Anerkennung und Unterstützung. Dadurch war es nicht nur eine grausame Zeit, es war auch eine schöne Zeit des Zusammenlebens und der Freundschaft.

Der Gefängnisalltag war erträglich, da wir die politische Arbeit, so gut es ging, weiterführten. Da es damals viele Rechte für die Gefangenen gab, hatten wir Radio und Fernsehen und lasen viele Bücher, politische Bücher und Zeitschriften. Wir lasen in der Nacht für uns und studierten unsere Unterlagen. Tagsüber gab es dann politische Diskussionen, sogar Veranstaltungen mit kurzen Theaterstücken und Musik.

Fast alle Abteilungen der politischen Gefangenen kochten gemeinsam. Wir aßen nicht das, was uns dort gegeben wurde. Das war ungenießbar und machte ernsthaft krank. Bekamen wir zum Beispiel Bohnensuppe, nahmen wir die Bohnen und das Fleisch heraus. Wir wuschen es, schütteten den Saft weg und kochten eine neue Soße. So konnten wir essen.

Ende des Jahres 1979, Anfang der 80er-Jahre, wurden unsere Rechte nach und nach beschnitten, und die Schikanen von Polizei und Armee nahmen zu. Soldaten der Armee durchsuchten regelmäßig und immer öfter unsere Zellen und Schlafplätze. Dabei wurden unsere Bücher und Zeitschriften beschlagnahmt. Da viele von uns zur Todesstrafe oder zu lebenslänglicher Haft verurteilt worden waren, wurde uns vorgeworfen, einen Fluchttunnel zu bauen. Angeblich war auch ein Tunnel gefunden worden. Ich weiß nicht, ob dies der Wahrheit entspricht.

Uns wurde mitgeteilt, dass man uns trennen und auf verschiedene Gefängnisse im ganzen Land aufteilen würde. Wir protestierten gegen die Aufteilung und argumentierten, dass alle unsere Prozesse hier in Izmir stattfinden würden, und es unsinnig sei, uns zu verlegen. Da dies keinen Erfolg hatte, leisteten wir passiven Widerstand. Wir verbarrikadierten die Zellentüren mit Betten und Matratzen und ließen weder Soldaten, noch Polizisten oder Zivile herein.

Als Antwort auf unseren Widerstand wurden Soldaten mit Maschinengewehren auf den Dächern postiert, überall sahen wir Soldaten und rund um das Gefängnis auch Panzer. Irgendwann gelang es einigen Soldaten durch den Dachboden zu uns durchzubrechen.

Da wir keine Gewalt anwenden wollten, warfen wir uns auf den Boden. Wir klammerten uns aneinander, damit sie uns nicht wegbringen konnten. Aber sie traten uns mit den Stiefeln

und schlugen auf uns ein, bis einige von uns bluteten. Da ich ziemlich leicht war, rissen sie mich aus der Menge heraus und trugen mich hinaus. Sie warfen mich in eine Ecke und traten auf mich ein. Ich dachte, mein Bein wäre gebrochen, meine Rippen, mein Schädel - überall hatte ich furchtbare Schmerzen.

Irgendwann sah ich einen mir bekannten Wächter, wir nannten ihn Turgutbaba. Er war Kurde, und wir sprachen dieselbe Sprache. Ich rannte auf ihn zu und bat ihn, mich mitzunehmen. In einem unbewachten Moment, als die Soldaten nicht herschauten, führte er mich in eine andere Abteilung. Dort gab es keine politischen Gefangenen, außer einigen von uns, die sich ebenfalls vor der Brutalität der Soldaten gerettet hatten. Ich bedankte mich bei Turgutbaba für seinen Schutz.

Viele von uns kamen in Einzelhaft. Einige wurden in andere Städte verlegt oder unter die »nicht-politischen« Gefangenen gemischt. Dieser Aufstand war niedergeschlagen worden, aber der Kampf um unsere Rechte und für Menschlichkeit ging weiter.

Wir fanden es für unsere politische Arbeit vorteilhaft, jetzt nicht mehr von den anderen Gefangenen isoliert zu sein. So konnten wir mit ihnen in Kontakt treten, uns mit ihnen austauschen und ihnen unsere Ideen und Ideale vermitteln, für die wir kämpften, für die wir gefoltert oder auch hingerichtet wurden.

Wir hörte ihnen zu, erfuhren von ihren Familiengeschichten, von ihren Problemen, von Gewalttätigkeit und Diebstahl. In vielen Gesprächen diskutierten wir über die Ursachen unseres gemeinsamen, erdrückenden gesellschaftspolitischen Systems. Ich bekam das Gefühl, dass wir von diesen Menschen geachtet und akzeptiert wurden.

Von meiner Familie hatte ich schon lange nichts gehört. Einmal bekam ich einen Brief von meiner Schwester, und ein Cousin versuchte, mich zu besuchen. Das war wegen des Besuchsverbots leider nicht möglich. Meine Sehnsucht nach der Familie, nach meiner Mutter, meinem Bruder, meiner Sprache und meiner Heimat war sehr groß. Aber die größte Sehnsucht war die nach Freiheit, nach frischer Luft und Bewegung.

Nach einigen Tagen wurden wir auf unsere alte Abteilung zurückgebracht. Einige von uns fehlten, aber ich freute mich, die anderen wiederzusehen. Wir hörten im Radio und lasen in den nur mehr spärlich vorhandenen Zeitungen von Streiks in Izmir. In einem großen Konzern für Olivenöl und Metall waren die ArbeiterInnen in den Streik getreten. Immer wieder erfuhren wir von Straßenschlachten zwischen den ArbeiterInnen und der Polizei. So kamen auch neue Gefangene zu uns. Wir solidarisierten uns mit den kämpfenden ArbeiterInnen und traten eine Woche lang in Hungerstreik.

Die Monate zogen vorbei. Wir versuchten, unsere alltägliche Arbeit weiterzumachen, auch ohne Radio, Fernsehen und Bücher. Seitdem ich im Gefängnis war, war die Sporthalle kein einziges Mal für ihren Zweck benutzt worden. Wir machten keine Bewegung, keinen Sport und durften nicht an die frische Luft, in den Garten oder in den Hof. Ständig waren wir in der Zelle, zu dritt auf sechs Quadratmetern. Dort schliefen und aßen wir und gingen auch aufs Klo. Alles in diesem engen Raum. Ich versuchte trotz allem nicht aufzugeben und den Widerstand auf eine würdige Art weiterzuführen.

Widerstand heißt nicht Zerstörung, Widerstand heißt auch Dialog herstellen, Frieden herstellen, miteinander menschlich umgehen. Man kann auch Hoffnung dazu sagen. Und ich habe meine Hoffnung nicht aufgegeben, nie verloren. Sie war auch das einzige, woran wir uns klammern konnten. Aufgeben kam nicht in Frage, keine Gedanken an Selbstmord, obwohl es so einfach gewesen wäre. Du bräuchtest nur eine Kugel. Oder einen Strick, um dich aufzuhängen. Wir dachten nicht daran.

Wir versuchten weiterhin, zu unseren Zeitungen und Büchern zu kommen. Und wir versuchten, den Dialog zu den anderen Abteilungen, zur Gefängnisdirektion und zu den Richtern herzustellen. Diese jedoch erklärten uns, wir hätten sie missachtet und gaben uns die Schuld an unserer Situation. Sie sagten, die Armee hätte nun die Macht, sie könnten sich nicht mehr wie früher für unsere Rechte einsetzen.

Also traten wir alle wieder drei Wochen lang in den Hungerstreik. Nach sechzehn Tagen war meine Kraft erschöpft, und mein Puls war niedrig. Ich war der Jüngste und ziemlich zart. Als man mir Milch und Nahrung geben wollte, weigerte ich mich, wieder ernährt zu werden. Ich wollte ins Krankenhaus, um Öffentlichkeit zu bekommen und an die Zeitungen heranzukommen. Da wir im Gefängnis von der Außenwelt abgeschnitten waren und auch Besuchsverbot hatten, war der Weg ins

Krankenhaus die einzige Hoffnung und Möglichkeit, die Öffentlichkeit zu informieren.

Dies gelang mir dann auch. Auf dem Weg zum Krankenhaus versuchte ich, in die Menge zu schreien, aber die Soldaten hielten mir den Mund zu. Ich konnte mich losreißen und schrie: »Wir sind im Hungerstreik, wir sind politische Gefangene, wir haben keine Rechte, und wer Mitgefühl hat, soll diese Informationen weitergeben!«

Die Folge davon davon war, dass mir ein Soldat eine Decke auf den Mund drückte. Infusionen gaben sie mir auch nicht mehr, und ich wurde wieder ins Gefängnis eingeliefert. Ich konnte mich nicht mehr auf den Beinen halten, sie stießen mich und versuchten, mich auf die Beine zu stellen. Aber ich konnte nicht mehr und fiel zu Boden.

Turgutbaba kam mir entgegen, ich sah die Tränen in seinen Augen. Voll Mitleid nahm er mich auf die Schulter. Die Soldaten sagten: »Lass das Hurenkind selber gehen!« Er aber erwiderte: »Das ist noch ein Kind, er kann nicht! Bringt ihn wieder zurück ins Krankenhaus, wenn er hier stirbt, bin ich verantwortlich, nehmt ihn mit!«

Schließlich trug mich Turgutbaba in meine Zelle. Die Freunde warteten auf mich, sie freuten sich, dass ich wieder da war. Es war ein heftiger Tag gewesen, ich konnte nicht mehr sprechen. Das Gefängniskomitee, in dem ich auch Mitglied war, tagte. Es wurde beschlossen, ich solle eine Suppe essen, dies sei kein Todeshungerstreik. Ich wollte nicht, aber schließlich schickten sie Turgutbaba, damit er einige von den Lebensmitteln holt, die wir versteckt hatten.

Irgendjemand kochte eine Suppe, und Turgutbaba freute sich, sie mir zu bringen. Langsam ging es mir besser, und wir versuchten wieder, mit der Gefängnisdirektion in Dialog zu kommen. Einige spärliche Rechte konnten wir durchsetzen. Wir sollten Zeitschriften und vielleicht auch ein Radio bekommen. Aber wegen des Hungerstreiks mussten wir ein Jahr länger in Haft bleiben, bekamen Besuchsverbot und wurden dem Militärgericht vorgeführt.

In dieser Zeit kamen auch Nachrichten von meiner Familie. Meine Schwester konnte mich wegen des Besuchsverbots nicht besuchen. Nur ein Cousin wurde vorgelassen und berichtete über die Lage draußen und darüber, wie es meiner Mutter ging. Sie sei sehr traurig,

erzählte er, und alle hätten Sehnsucht nach mir. Ein paar Briefe kamen von der Familie, auch von meiner Schwester aus Österreich. Sie schrieb, dass sie mich zu sich holen wolle. Aber leider kam ich zum vorgesehenen Zeitpunkt, am 5. September 1980, wegen unseres Hungerstreiks nicht frei. Und am 12. September putschte das Militär.

Wir hörten aus unserem alten Radio über den Ausnahmezustand und die Militärparolen. Wir hatten dem Putsch gegenüber gemischte Gefühle: Einerseits waren wir bedrückt, andererseits erhofften wir uns breiten Widerstand im ganzen Land, einen Zusammenschluss aller Menschen gegen das Militärregime. Auch hofften wir, dass wir und alle anderen politischen Gefangenen dadurch freikommen würden.

Wir im Gefängnis gehörten zwar verschiedenen politischen Gruppierungen an, aber wir hielten zusammen, arbeiteten zusammen, und die Konflikte kamen nicht zum Tragen, wie das draußen so oft der Fall war. Der Militärputsch hatte unsere Situation weiter verschlechtert. Es gab wieder vermehrt Zellendurchsuchungen, unser altes Radio wurde uns genommen, und Zeitungen gab es bald gar keine mehr, auch keine Frischluft. Wir waren zu dritt auf unsere sechs Quadratmeter beschränkt.

Und wir hörten, dass innerhalb weniger Tage neue Militärgefängnisse eingerichtet worden waren. Aber wir hatten Glück und blieben im Zivilgefängnis. Denn in den anderen, neuen Gefängnissen wie dem Buca/Sirin Evler Militärgefängnis war Folter üblich, und die Gefangenen mussten Militärgefangenenkleidung tragen, die Haare wurden rasiert, sie mussten Wehrsportübungen machen und Parolen schreien.

Wieder vergingen einige Monate. Wir hörten von Widerstand in einigen Kleinstädten, und dass sehr viele Menschen verhaftet wurden. StudentInnen, ProfessorInnen, ÄrztInnen und LehrerInnen, Gewerkschaftsmitglieder und Personen, die bei christlichen Zeitungen arbeiteten. Eigentlich alle, die nicht zufrieden waren und das auch kritisch äußerten. Viele wurden gefoltert, verschwanden oder wurden hingerichtet. Bekannte politische Persönlichkeiten wie Erdal Eren, Ilyas, Xıdır aus Dersim und viele weitere wurden zum Tode verurteilt und warteten auf die Vollstreckung. Erdal Eren war 17 Jahre alt, als er als Erster im Dezember 1980 hingerichtet wurde. Dies löste internationale Proteste aus, auch der Papst protestierte.

Wir blieben im Gefängnis von der Außenwelt abgeschlossen. Keine Briefe, kein Besuch, alles wurde beschlagnahmt. Wir konnten nicht mehr selber kochen, und mussten den Gefängnisfraß essen. Uns wurde auch der Zugang zu Warmwasser verwehrt. Wir bastelten eine Art Tauchsieder, eine wilde Konstruktion, die auch gefährlich war. Den Soldaten war es egal, was mit uns passierte, wir waren keine menschlichen Wesen für sie.

Wir versuchten, am Leben zu bleiben. Mit einigen Gefängniswärtern hatten wir ein gutes Einvernehmen, und sie unterstützten uns vorsichtig. Aber die Armee misstraute ihnen, und so achteten die Soldaten darauf, dass wir zu nichts kamen.

Am Neujahrstag 1981 aber rissen wir unsere Schlösser auf, alle Gefangenen gemeinsam. Wir öffneten die Zellentüren und strebten in den Garten, an die Sonne, das erste Mal nach langer Zeit. Wir genossen die Strahlen der Sonne, die Luft, die kleine Freiheit. Wir sangen Lieder und tanzten Govend, unseren traditionellen Kreistanz. Es war ein wunderschöner Tag, vielleicht der schönste, denn wir wussten nicht, ob wir ihn überleben würden.

Die Soldaten bekamen Angst und glaubten, wir wollten fliehen. Sie schickten die Armee mit Panzern und Maschinengewehren. Aber plötzlich gingen wir alle zusammen von selbst in die Zellen zurück - wir drei wieder in unsere kleine Zelle, die jetzt allerdings ein kaputtes Schloss hatte.

Ein Offizier tauchte auf, begann herumzubrüllen und wollte wissen, wer der Anführer sei. Wir antworteten, dass wir alle Anführer seien. Ich versuchte, ihm klarzumachen, dass er nicht zu schreien brauche und nicht wütend sein müsse. Wir seien seit Monaten inhaftiert, ohne Sonne, ohne Luft, ohne Nachrichten, ohne Briefe. Es sei unser Recht, hinaus an die Luft und an die Sonne zu gehen und den Tag zu genießen. Da lachte er und sagte: »Ihr seid verrückt!«

Aber ich antwortete: »Nein, ich glaube die Umstände sind verrückt!« Er begann auf mich richtig wütend zu werden, ich spürte das. Aber da schrie schon ein anderer Gefangener aus einer anderen Zelle dieselben Worte, wiederholte was ich gesagt hatte. Und wir sagten alle: »Ihr braucht keine Angst zu haben, dass wir fliehen! Wir warten auf den Tag der Freiheit, auf den Tag, wo auch ihr verstehen werdet, worum es geht. Wir wollen als Menschen leben, wir wollen mit anderen teilen, niemandem etwas wegnehmen. Wir wollen in einem menschenwürdigen Land leben und zwischen den Völkern Brücken bauen.«

Schließlich ging er. Aber nach ein paar Tagen kamen Gendarmerieeinheiten und teilten uns wieder auf andere Abteilungen auf. Das war nicht schlecht, da wir so wieder zu Zeitungen und zum Fernsehen kamen. Auch die Wächter erzählten uns, wie das Leben draußen geworden war: Wir sollten froh sein, dass wir im Gefängnis waren und noch lebten! Es löste große Trauer in mir aus, in so einem Land zu sein.

Im Fernsehen sahen wir Bilder vom Militärgefängnis in Dıyarbakır, wo es sehr hart zuging. Auch aus Elazıg, wo bei Auseinandersetzungen zwischen Gefangenen und Soldaten einige ums Leben gekommen und viele verletzt worden waren - darunter auch einige Freunde von mir, mit denen ich gemeinsam aufgewachsen war. Es war sehr traurig, erleben zu müssen, dass es nicht mehr möglich war, einander in Freiheit zu begegnen und zu diskutieren.

Aber ich wartete und freute mich auf die Freiheit.

Geknüpfter Polster von meiner Mutter.

Es endet nicht

Es war am 23. April, einem Feiertag, den Kemal Atatürk den Kindern gewidmet hatte. Die Kinder sollten an diesem Tag alle Rechte haben und wurden von Erwachsenen ausgewählt, das Land zu regieren. Ich konnte das nie begreifen, dass es einen Kinderfeiertag gibt und daneben Kindergefängnisse, in denen Tausende Kinder gefangen gehalten werden. Manche dieser Kinder waren erst neun oder zehn Jahre alt, und ihr Verbrechen bestand darin, Brot, Obst oder ein Paar Schuhe gestohlen zu haben.

Und an diesem Tag, im Jahr 1981, bekam ich am Abend die Nachricht, dass ich meine Sachen packen könne und frei sei! Ich traute der Sache nicht. Zu viele meiner Freunde, zu viele politische Gefangene waren vom Gefängnis abgeholt worden, weil sie angeblich freigelassen wurden. Dann wurden sie von der Polizei verschleppt, brutal gefoltert und halbtot wieder ins Gefängnis zurückgebracht. Deshalb konnte ich nicht glauben, dass ich einfach nach Hause gehen könne.

Ein Gefängniswärter sagte:»AliRıza, komm, ich lüge nicht, du bist wirklich frei!« Auch ihm glaubte ich nicht. Ich fragte:»Weiß es Ismail?«, denn das war ein Wächter kurdischer Abstammung aus Dersim. Ich bestand darauf, dass Ismail komme. Schließlich wurde er aus einer anderen Abteilung hergeholt. Ich bat ihn, zur Direktion zu gehen und nachzufragen.

»Warum glaubst du es nicht, AliRıza?«, sagte auch er. Aber ich erwiderte:»Du weißt, dass viele geholt worden sind!« So willigte er schließlich ein. Dann kam er mit einem Zettel aus der Direktion zurück: Ja, er habe nachgefragt, es stimmte! Und so verabschiedete ich mich von den anderen Gefangenen und den Freunden. Alle hatten sich zum Abschiedsritual versammelt. Sie alle umarmten mich der Reihe nach, und ich ging durch die Menge von über hundert Gefangenen aus den beiden politischen Abteilungen.

Dann versuchte ich, meine wenigen Sachen zu finden und im Büro meinen Ausweis zu bekommen. Aber mein Koffer und alle meine persönlichen Sachen blieben verschwunden. Mit kaum nachgewachsenen Haaren ging ich also in die Freiheit. Mit Tränen und Freude zugleich nehme ich Abschied vom Gefängnis und kann es noch immer nicht glauben. Ich bin unsicher. Langsam gehe ich durch die Gefängnisräume. Immer wieder drehe ich mich um, aber die Türen hinter mir werden mit großen Schlössern verschlossen. Ich gehe durch den Garten, es wird Abend, die Sonne scheint mir gerade in die Augen. Das blendet mich, denn seit Monaten habe ich keine Sonne mehr gesehen. Aber ich gehe durch das Licht, durch den Garten. Beim Ausgang stehen Soldaten, ich gehe vorbei, hinaus. Meine Haare sind sehr kurz. Denn als sie mich einen Monat zuvor vors Militärgericht geführt haben, haben sie verlangt, dass ich mir die Haare kurz schneide wie ein Soldat. Ich war aber kein Soldat, sondern eine politischer Gefangener. Also rasierte ich mir aus Protest die Haare überhaupt ab. Vor dem Gefängnis fuhr gerade ein Bus vorbei, und ich stieg ein. Die Leute schauten mich an. Ich fühlte mich wie in einer Zelle, es war eng, einige stiegen ein, einige aus. Und ich fuhr in dem kleinen Autobus zum Stadtzentrum, zum Markt von Konak.

Von dort wollte ich zu den Schwestern meines Freundes Sezai, der mit mir im Gefängnis gewesen war. Er und seine Familie stammten aus Dersim, aber seine Schwestern, Nichten und Neffen wohnten in Izmir. Sein Schwager war dort Lehrer. Ich hatte die Adresse, Telefon gab es keines, daher konnte ich mich vorher nicht ankündigen. Ich hatte keine Ahnung, was ich sonst tun sollte. Von meinem Cousin hatte ich keine Adresse mehr, nur von dem Geschäft, in dem er einmal gearbeitet hatte.

Also stieg ich aus dem Bus aus und wollte zu einem anderen Bus, der nach Camlar fährt, einem Viertel von Izmir. Aber beim Umsteigen hielten mich zwei Militärpolizisten auf, die glaubten, ich sei ein Soldat, weil ich so kurze Haare hatte. Ich blieb stehen und zeigte meinen Ausweis. Der eine Militärpolizist sagte: »Du bist Soldat!« Ich verneinte und er sagte wieder: »Du bist Soldat, zeig deine Papiere!« Ich sagte: »Ich bin gerade aus dem Gefängnis entlassen worden. Ich war noch nicht beim Militär, weil ich im Gefängnis war. Aber das heißt nicht, dass ich das Militär ablehne!«

Der andere Militärpolizist wollte mich gleich mitnehmen. So versuchte ich, den ersten zur Seite zu nehmen und mit ihm zu reden. Da er gebrochen Türkisch sprach, fragte ich ihn: »Bist du Kurde, kannst du Kurdisch?« Er schaute mich groß an: »Was redest du?«

Ich sagte: »Ich weiß, dass du Kurde bist, ich bin auch Kurde. Ich komme aus Dersim. Ich lüge nicht, ich bin gerade aus dem Bus von Buca ausgestiegen. Warum sollte ich dich anlügen? Aber wenn ihr mir nicht glaubt, fahre ich zurück und bringe euch eine Bestätigung!« Sie entschlossen sich, mir zu glauben und begleiteten mich zum Bus nach Buca.

Ich stieg ein und fuhr eine Station. Dann wechselte ich in den Bus nach Camlar und versuchte, die Familie von Sezai zu finden. Ich fragte in einem Lebensmittelgeschäft. Der Verkäufer schaute mich an, und wieder hörte ich die Frage: »Bist du Soldat? Du hast so kurze Haare!«

Ich sagte: »Nein, ich bin fremd hier und möchte Freunden einen Besuch abstatten. Und meine Haare schneide ich immer, wenn es so heiß ist.« Endlich beschrieb er mir, in welchem Haus ich den Lehrer aus Dersim finden könnte. Dorthin ging ich und klopfte an. Ein Mädchen in meinem Alter öffnete, sie schaute mich an und stand da, starr vor Staunen. Obwohl sie mich von früher her kannte, denn ich war oft mit Sezai mit nach Hause gekommen, konnte sie es nicht glauben, mich hier zu sehen.

Endlich trat ich ein und wurde von Mutter, Vater und Schwester herzlich empfangen und umarmt. Es wurde Essen für mich gebracht, aber ich war nervös. Ich wartete und wartete, konnte nicht ruhig sitzen und konnte nicht essen. Nach einiger Zeit wurde mir klar, dass ich nicht alleine essen konnte. Durch den langen Gefängnisaufenthalt war ich nur mehr gewohnt, in Gesellschaft meiner Mitgefangenen zu essen. Ich sagte: »Bitte esst mit mir, ich kann nicht alleine essen!« Obwohl sie schon gegessen hatten, aßen sie ein wenig mit mir.

Viel Appetit hatte ich nicht. Meine Gedanken waren noch immer im Gefängnis, beim Erlebten. Ich konnte nicht richtig wahrnehmen, dass ich heraußen war.

Die Familie wollte von mir alles über die Situation im Gefängnis wissen. Da es lange Zeit Besuchsverbot gegeben hatte, hatte ich viel zu erzählen. Ich erzählte von Sezai, von unserer gemeinsamen Zeit in der Zelle und von den Zuständen im Gefängnis nach dem Militärputsch. Sie erzählten mir, wie es heraußen war, wie das Leben weiterging und weitergehen musste. Sie berichteten mir, dass viele Leute verhaftet worden waren und noch immer verhaftet wurden. Auf der Strasse waren kaum mehr Jugendliche zu sehen. Viele Kinder aus der Nachbarschaft und Jugendliche aus der Schule, in der der Mann Lehrer war, hatte man gefangen genommen.

Ich blieb zwei Nächte, dann verabschiedete ich mich. Ich suchte nach meinem Cousin und fand ihn schließlich auch. Wieder erzählte ich, was ich erlebt hatte und blieb drei Tage zu Gast. Aber es zog mich nach Kurdistan, zu den Feiern für den 1. Mai. Ich hatte Sehnsucht nach meiner Mutter, meinen Geschwistern, Nichten und Neffen. Die Sehnsucht nach ihnen füllte mein ganzes Wesen aus, denn ich hatte sie alle seit zwei Jahren nicht mehr gesehen.

Mein Cousin riet mir ab: »Warum willst du dorthin gehen, AliRıza? Du wirst dort noch immer gesucht!« Auch er, einige Onkel, Cousins und Bekannte waren wegen mir öfters verhaftet worden. Sie trugen den gleichen Familiennamen wie ich oder hatten einen ähnlichen Namen. Sie waren deswegen tagelang in Polizeigewahrsam gewesen. Mein Cousin sagte: »Was willst du dort? Bleib da, wir werden Arbeit für dich finden. Die Freunde sind alle nicht mehr da. Sie sind verhaftet worden oder haben die Stadt verlassen. Dir wird langweilig werden, in Elazığ ist niemand mehr, nur alte Leute!«

Aber ich kaufte eine Fahrkarte nach Elazığ.

Unterwegs wurde ich mehrmals kontrolliert. Das erste Mal gab es eine Militärkontrolle auf kurdischem Gebiet, in Malatya. Alle Männer mussten mit erhobenen Händen aussteigen, und die türkischen Ausweise wurden kontrolliert.

Mich brachte ein Soldat zu einem Offizier. Ich wurde lange befragt: »Warst du schon beim Militär? Warum nicht? Woher kommst du?« Und so weiter. Ich erklärte ihm, dass ich im Gefängnis gewesen war und dafür auch eine Bestätigung hätte, aber ich verriet ihm nichts von den politischen Hintergründen. Ich sagte: »Ich habe zehn Tage frei, dann werde ich mich zur Musterung in der Kaserne in Dersim melden. Ich bin extra deswegen aus Izmir gekommen!« Noch zwei Kontrollen, und endlich stieg ich in Elazığ aus dem Bus.

Ich hatte niemandem angekündigt, dass ich kommen würde. Auf dem Busbahnhof stieg ich aus, ging zu einem Taxifahrer, damit er mich nach Hause bringt. Wir suchten eine Weile nach dem Haus, denn ich kannte die neue Adresse nicht. Nur aus den Beschreibungen meines

Cousins wusste ich ungefähr, wo meine Familie jetzt wohnte. Endlich stieg ich aus dem Taxi. Niemand erkannte mich. In den vergangenen zwei Jahren war ich gewachsen und hatte noch dazu kurze Haare. Hinter der offenen Tür saß meine Mutter. Zuerst erkannte sie mich nicht. Wir schauten einander an. Ich lief zu ihr, begrüßte sie, küßte ihre Hände, umarmte sie und lachte! Endlich verstand sie. Sie stieß einen so lauten Schrei aus, dass alle Menschen rundum zusammenliefen und sich an der Türe versammelten. Das waren eine Menge Leute! Kinder, Alte, Bekannte und Verwandte, alle jubelten, dass ich wieder da war. Mir kamen die Tränen, und meine Mutter begann ebenfalls zu weinen. Dann rannten meine Schwester und meine Neffen herbei. Das war eine große Freude, ein schöner Tag!

Auch meine Freundinnen und Freunde kamen, alle waren da, das Haus war voll! Alle umarmten mich, und ein Freund hob mich hoch. »Schön dass du da bist, du hast viel erlebt, wir haben auch viel erlebt, erzähl, erzähl, erzähl!«

Aber am ersten Tag konnte ich nur dasitzen und alle anschauen. Ich konnte nichts erzählen. Viele der Freunde fehlten in der Runde. Ihre Mütter kamen und sagten: »Sie sind verhaftet worden, wir wissen nicht, wo sie sind.« Einige waren in den Untergrund, andere in die Berge gegangen. Ich blieb einige Tage in Elazig. Ich genoss es, zu Hause zu sein, im Garten zu sitzen und vor die Tür zu gehen, um mit den Leuten zu plaudern.

Unser Haus war ständig voll mit Besuchern. Bekannte, Verwandte, FreundInnen, Mütter und Väter, sie alle erfuhren, dass ich frei gekommen war. Es wurde aufgekocht! Meine Mutter und meine Schwestern hatten viel zu tun mit der Bewirtung der BesucherInnen. Ich konnte leider nicht viel zu dem Fest beisteuern. Ich hatte nur einige Fotorahmen mitgebracht, die ich im Gefängnis aus Röntgenbildern gemacht hatte. Sie waren meine einzigen Geschenke an Verwandte und FreundInnen. Ich versuchte, zu Hause noch ein paar Rahmen anzufertigen und mich auch sonst handwerklich zu betätigen. Es war auch wohltuend einfach dazusitzen, Zeitungen zu lesen, Radio zu hören, spazieren zu gehen und an der frischen Luft sein. Aber mit der Sonne hatte ich Schwierigkeiten - sie war mir viel zu hell. Außerdem gab es tagsüber ständig Polizeikontrollen, und Militärpatrouillen waren unterwegs, die einem das Draußensein vergällten. Vor unserem Haus, einem Eckhaus, fuhren jede Nacht Panzer rund um einen Brunnen auf. Wegen der Panzer trauten sich die Menschen abends nicht mehr Wasser zu holen. Vor allem die Frauen und Mädchen wollten nicht. Da wir so nah am Brunnen wohnten, füllten wir die Kannen und Gefäße tagsüber. Meine Mutter wollte nicht, dass ich viel draußen war, sie fürchtete um mich und machte sich Sorgen. Ich sagte: »Mutter, die tun mir nichts!«

Als der Mai langsam vorbei gegangen war, merkte ich, dass es zu Hause nicht so gut stand. Mein Bruder verdiente ein bisschen Geld in der Zuckerfabrik, aber das war das einzige Einkommen. So nahm ich eine Arbeit als Kellner in der Fabrikskantine an.

Mein Bruder machte sich Gedanken wegen meines Militärdienstes. Aber ich hatte mir überlegt, erst gar nicht hinzugehen, sondern stattdessen Geld zu verdienen für die Familie.

Nebenher versuchte ich, meine politische Arbeit weiter zu verfolgen. Ich traf meine FreundInnen vor allem in Wohnungen. Versammlungen, auch kleine, waren verboten, und man konnte sofort mitgenommen und verhaftet werden. So saß ich im Kaffeehaus immer allein am Tisch, niemand wollte sich zu mir setzen.

Ein Hauptthema von uns waren die unmenschlichen Zustände in den Gefangenenhäusern von Elazıg, Dıyarbakır, Buca und in anderen Städten der Türkei. Am schlimmsten aber war es in den kurdischen Gebieten. Ich träumte von der Zeit vor dem Militärputsch, als die Stadt Tag und Nacht voller Leben gewesen war. Auf der Strasse hörte man damals Kindergeschrei und viele Menschen reden. Wenn es jetzt 18 Uhr wurde, war es erschreckend still und leise. Außer Militärfahrzeugen, Uniformierten und zivilen Kontrolleuren war nichts zu sehen und zu hören.

Langsam fand ich mich in das neue Leben hinein und ich begann, neue Freundschaften zu schließen. In Gesprächen erfuhr ich vom Schicksal vieler Bekannter, von deren Verhaftung oder Ermordung. Unsere wenigen Bücher und Zeitungen, die wir noch hatten, lagen tagsüber in Verstecken auf dem Dachboden unter den Bodenbrettern. Sobald es klopfte, räumte unsere Mutter alles weg, auch die spärlichen Briefe von FreundInnen. So ging das Jahr 1981 dahin.

Bei unseren Geheimtreffen sprachen wir über die Lage der KurdInnen, die Unterdrückung, die Gefängnisse und die Folter, und über die alltäglichen Dinge des Lebens, wie sie damals waren.
Rund um das Neujahr 1982 kam das Gerücht auf, dass Freunde verhaftet worden wären. Wir lebten in ständiger Angst, da wir Kontakt zu ihnen gehabt hatten und unsere Namen durch die Folter vielleicht schon bekannt geworden waren. Ich überlegte kurz, in den Untergrund abzutauchen. Einige Freunde waren in die Berge gegangen, um dort zurückgezogen in den Dörfern zu leben. Ich blieb, denn ich dachte an meine Familie und an meine Mutter; unsere politischen Treffen reduzierten wir.
Und dann kam jener Tag, ein Freitag. Ich war von der Arbeit gekommen und hatte mein Freitagsritual genossen, den Besuch im Hamam (einem orientalischen Bad), das Essen danach und das Treffen mit Freunden. Ich war gegen neun Uhr abends nach Hause gekommen. Das war eigentlich schon recht spät und etwas gefährlich wegen der Patrouillen.
Bei uns daheim war mein Cousin Sıleman zu Besuch. Er hatte gerade, trotz der schwierigen politischen Situation, im Internat seine Matura geschafft. Aber es war ihm nicht klar, wie es weitergehen sollte. Er dachte daran, vielleicht hier in der Stadt zu bleiben, um zu arbeiten und bei uns zu wohnen. Ich kam heim, um mit ihm, meiner Mutter und meinen Schwestern zu reden. Ich freute mich, ein bisschen Zeit daheim zu verbringen! Das Wochenende lag vor mir, also durchaus erfreuliche Aussichten. Aber ich hatte ein eigenartiges Gefühl, eine Vorahnung, wie schon lange nicht mehr.
Um ein Uhr in der Nacht wurde an die Tür gehämmert, ich dachte, das Haus würde gleich zusammenbrechen. Es wimmelte von Polizisten und Soldaten, das Haus war umstellt. Panzer waren aufgefahren. Meine Mutter war außer sich vor Angst, wir drückten uns gemeinsam mit meiner Schwester in ein Bett. Das Gedröhne an der Tür hörte nicht auf. So ging meine Mutter und öffnete. Sie versuchte, den hereinstürmenden Polizisten den Weg zu uns im anderen Zimmer zu versperren. Aber sie wurde grob beiseite geschoben. Ich stand auf und mischte mich ein, versuchte meine Mutter auf kurdisch zu beruhigen. Ein Polizist schrie: »Wieso redest du so eine komische Sprache?« Ich sagte: »Reg

dich nicht auf, sie kann nicht Türkisch!« Er erwiderte: »Wie gibt es das, ihr seid doch alle Türken! Wie kann man in diesem Land nicht Türkisch können?« Ich versuchte ruhig zu bleiben. Er fragte, wer im anderen Zimmer sei.

Dort waren meine Schwester und die Kinder, mein Bruder, die Schwägerin und meine Neffen, die alle aufgescheucht wurden. Es begann eine Hausdurchsuchung. Die Betten wurden umgedreht, das Bettzeug durchwühlt, Kästen und Regale ausgeleert. Sie fanden mein Zeichenheft und blätterten es durch. Sie sahen sich meine Zeichnungen an und fanden das Bild eines Mannes, einer Frau und eines Kindes. Ich hatte ein Gedicht von Nihat Beram dazugeschrieben, ein Gedicht wie ein Schrei.

Sie sagten: »Aha, von dem Kommunisten!« Ich sagte: »Ich weiß nicht, ob er Kommunist ist, aber das Gedicht ist schön.«

Sie fanden alle möglichen Ausweise, etwa meinen Schülerausweis mit dem gefälschten Geburtsdatum, aber keine verbotene Lektüre. Schließlich wollten sie meinen Bruder, meinen Cousin und mich mitnehmen. Meine Mutter aber regte sich sehr auf. Sie warf sich dazwischen und schrie: »Lasst mein Kind, lasst meinen Sohn! Was hat er getan? Er war lange genug für nichts im Gefängnis! Was wollt ihr von ihm?«

Einer der Polizisten wollte auf meine Mutter losgehen, das konnte ich verhindern. Ich sagte: »Lass meine Mutter in Ruhe, sie ist eine ältere Frau, und sie macht sich Gedanken. Hast du keine Mutter, hast du keine Kinder?« Danach wurden sie ruhiger und sprachen auf Türkisch mit meiner Mutter. Sie sagten: »Wir müssen ihn mitnehmen, aber wir werden ihm nichts tun!«

Meinen Bruder, der ja Beamter war, ließen sie da. Aber sie fragten nach meiner Schwester Adile. Sie war in Dıyarbakır. Da sagten sie: »Da hat sie noch einmal Glück gehabt!« Und so nahmen sie meinen Cousin und mich fest. Ich konnte nur schnell eine Hose und ein Hemd anziehen und sonst nichts mitnehmen. Sie rissen uns mit sich fort, schleiften uns ins Polizeiauto und brachten uns zur Polizeistation der politischen Abteilung.

Das war eine Abteilung mit einem Folterzentrum, wo schon viele Menschen verschwunden waren. Außen stand »Straßenmeisterei«, aber drinnen war Militär, Polizei und das Folterzentrum. Wenn die Menschen davon hörten, zitterten sie vor Angst. Auch meine Mutter hatte viel darüber gehört, von Frauen, deren Söhne, Töchter oder Ehemänner dort gefoltert worden und verschwunden waren.

Sie nahmen mir alles weg, den Wochenlohn aus meinen Hosentaschen und den Gürtel, und sie verbanden meine Augen. Ich hatte Redeverbot und wartete mit meinem Cousin in einem Zimmer an der Wand stehend. Leute kamen herein und gingen hinaus, jemand wurde angeschrieen: »Sag doch endlich, ist er das?« Dann eine leise Stimme: »Nein, aber er kennt den Gesuchten!«

Dann fragten sie mich nach einem Namen, aber ich kannte ihn nicht. Schließlich riss jemand meine Augenbinde herunter. Ich sah einen Verhafteten, den Kopf rasiert, gefoltert! Er stand schwer auf den Beinen, zitternd und sagte: »Ja, ich kenne AliRıza.«

Dann wurde ich gefragt, aber ich kannte ihn nicht. Man schlug mich ins Gesicht und ich wurde angeschrieen: » Warum lügst du?«

Ich sagte: »Mich kennen viele Leute, ich lebe schon lange hier in der Stadt, aber ich kenne nicht alle. Ich war zwei Jahre nicht hier, ich war im Gefängnis in Izmir. Ich kenne den Menschen nicht, warum sollte ich lügen!«

Dann fragten sie meinen verängstigten Cousin, der wusste gar nichts. Ich mischte mich ein und erklärte, dass er gerade erst aus dem Dorf auf Besuch in die Stadt gekommen sei. Ich wurde angebrüllt: »Ich solle mich nicht einmischen.« Mein Cousin sagte schließlich, dass er den Mann nicht kenne, und dieser kannte ihn auch nicht. Ich war seinetwegen erleichtert. Er hatte ja noch nicht viel Schlimmes erlebt, und er würde sicher freigelassen werden. Ich dachte: »Mich werden sie nicht loslassen!« Und so war es auch. Sie brachten uns in getrennten Zellen unter, und in der Früh kamen sie mich holen.

An meine Mutter

Weine nicht meine liebe Dayê!
Du hast Angst um mich,
ich verstehe Dich sehr gut.

Diese Männer haben kein Gefühl -
Dich, uns zu verstehen.
Ich verspreche Dir,
Dayê, ich komme,
werde kommen.
Ich weiß auch nicht, so wie Du, was sie von mir wollen.
Dayê, geh nicht,
such mich nicht,
warte hier, ich komme!
Kannst Du Dich erinnern,
als ich in Izmir im Gefängnis war?
Du konntest mich nicht besuchen kommen,
Du hast auf mich gewartet.
Dein Platz war vor der Tür,
hinter der Tür,
die Augen immer beim Fenster, schauend, wartend,
geschaut, gewartet und gewartet.
Dayê, als ich kam,
saßest Du auf der Stiege, wartend auf mich.
Jeder, der vorbeiging, wusste, auf wen Du wartest,
versuchte an, Deinem Kummer teilzunehmen.

Eines Tages war ich da, stieg aus einem Taxi.
Dein Blick sah durch das Fenster, beobachtend.
Zuerst erkanntest Du mich nicht,
warst sehr neugierig und nachdenklich.
Ich war schmaler geworden, hatte eine Glatze.

Als ich voll Freude zu Dir lief und lachte,
Dayê, Du warst wie ein Vogel, der zu seinem Jungen flog,
zu mir.
Umarmt, geweint, beide waren wir sprachlos!
Wir hörten nur unsere Herzen klopfen,
so leise waren wir.

Onkel Xıdır, Cousins und Nachbarinnen kamen gelaufen,
die, die Dich immer beobachtet hatten.

So werde ich wieder zu Dir kommen,
warte, Dayê, warte auf mich, Du bist mein Licht, meine Sonne!
Du sagtest immer »ma domane asmênim,
ma domane jiaranêm, ma domane koenêm!«
Dayê, ma siya to dê bimê pîl!

Meine Mutter

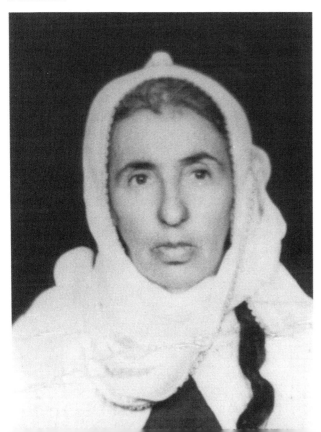

meberbe Dayê .....
tu saba mı tersêna
ez tu zaf fam kon
nî polês, mı be tûya
fam ne kenê
zerre îno marê niveseno
dayê tu meterse, ez en
ez nê zon,
nî mıra (mara) cı vazenê
dayê meso - mı dıma mê fetelî
îta dı mı sero bıpî, ez en
dayê, eno tu vırr !...
ez izmir 'de xepısxane'dı bîgo
tu nışkiyê ne, berre, lemı
tu welatê ma dê, mı serro pîtene
cayê tu vere Geberdı bî,
pe Geberdı bî
çıme tu raya mıde bî
ramı pîtene û sekerde nê
dayê, roca ke ez amo
tu nergan serro nîstbî ro
turae mı pîtene
kam ke amene, vere ceberî ra sîyenê
zanıtê nê, tu rae kam pîna
îno nae serr, to dı qese kerdenê

roce ez ebe taxi'ya amo
verre çeberde amo wuar
tu rae ro sekerdenê.
tu ez nas nekerdo,
tu zaf dexlide bîya
ez zaf persan biyo, biyo derg-
pore mı kılmek bî
mı tu nergan serro dîya, mı
zaf çefkerd - ez hûyo hete tu serr amo
dayê, tu ze jü mîlcêke perra ra,
tafala xu estê mı serr,
cımê ma bî pırre îstıro
berbî sırra, veng ma ra nı veça
apo xıdır, domanê apê usen û
cıra nê ma, perro amay
dorme ma gurıt, zafsabî
dayê, meberbı ez onca en lê tu ...
dayê, mı serro bı pîye, tu tîja mına
tu raşta cîme mına
tu mare vatenê :
ma domane asmênım
ma domane jıaranêm (jiaranêm)
ma domane koenêm
dayê, ma sîya to dê bîmê pîl .'.....

Folter in Xarpet (1800 Evler)
Sie bringen eine Decke, schmeißen sie über meinen Kopf, und zusätzlich verbinden sie meine Augen. Ich frage: »Wohin bringt ihr mich?« »Du wirst sehen«. Ich bleibe still. Zwei Typen, einer links, einer rechts, nehmen mich, führen mich raus. Ich weiß nichts. Sie schleppen mich mit sich, sie bringen mich hinaus. Dann sagen sie: »Bück dich, bück dich, hinein ins Auto, wir fahren!« Nach vielleicht einer halben Stunde bringen sie mich in ein Gebäude und schmeißen mich in einen Raum. Dort werde ich begrüßt, und ich höre eine Stimme schreien: »Willkommen, willkommen in unserem Haus, willkommen in der gottlosen Welt. Hier gibt es keinen Gott, hier gibt es keinen Propheten, hier gibt es keinen Allah, hier sind wir!«. Dann bekomme ich nur Fußtritte und Faustschläge. Von allen Seiten werde ich geschlagen.
Von den Beamten, den Polizisten, die mich reinbringen, bekomme ich auch von hinten Fußtritte. Das dauert zehn bis fünfzehn Minuten. Ich kann mich nicht mehr erinnern. Als ich zu mir komme, bin ich in einer Zelle. Auf dem Boden liegend, im Dunkeln, spüre ich Schmerzen überall, geschwollene Lippen, taste mit meiner Hand, ich spüre nichts, nur nass, merke, dass es nach Blut riecht... Ich blute, aber sehe nichts in der Dunkelheit. Meine Füße, Rippen, alles tut weh. Ich komme zu mir, spüre die Kälte der Zelle, nichts ist da. Ich versuche, meine Augen an die Dunkelheit zu gewöhnen. Ich sehe nichts. Mit meinen Händen taste ich, versuche zu reden, will wissen, ob Menschen neben mir sind. Ich taste die Wände ab und finde heraus, dass ich in einer kleinen Zelle bin. Nichts ist da, kein Bett, keine Decke, nur Beton. Ich merke, dass ein wenig Ganglicht unter dem Türspalt in die Zelle dringt. Meine Augen gewöhnen sich an das wenige Licht. Ich höre Stimmen nebenan. Ich bleibe ruhig, weiß nicht, ob neben mir Polizisten oder Gefangene sind.
Ich höre Menschenstimmen, die leise miteinander reden. Ich versuche, irgend etwas über diese Stimmen herauszufinden. Ich merke, dass ich nicht alleine bin, dass auch andere Gefangene da sind. In diesem Moment höre ich einen Schrei, einen »krallenden« Schrei, einen Menschenschrei, Folterschrei.
Ich weiß nicht, wie viel Zeit vergeht, auf jeden Fall wird die Tür aufgemacht. Der Wächter sagt: »Komm raus, dreh dich um, stell dich an die Wand!« Er verbindet meine Augen, führt mich raus. Ich weiß

nicht, ob ich im gleichen Gang wie
vorher bin, er führt mich einen
Irrweg. Er bringt mich in einen
Raum. Ich höre dort eine
andere Stimme. Sie reden.
Der eine sagt: »Komm,
stell ihn hierher«. Und der
andere fragt mich: »Weißt
du, wo du bist?« Ich sage:
»Nein, ich weiß es
nicht.« »Du wurdest
begrüßt, und wir
haben am Anfang
gesagt, hier gibt es
keinen Propheten Mohammed, hier gibt
es keinen Allah, hier sind wir, was wir
sagen, das gilt.« Ich sage: » Ja.« » Hier wird
nicht geredet. Hier wird nur gefragt und nur
geantwortet.« Ich sage: »Gut.« Ich darf meine
Augen nicht aufmachen. Ich darf nicht versuchen
zu flüchten.

Ich sage: »Ich kenne eure Methoden! Ich war zwei Jahre im
Gefängnis, ich möchte wissen, was ihr von mir wollt. Ich möchte
nur meine Schuld wissen, was ich getan habe. Ich war im Gefängnis,
ich bin frei gelassen worden! Ich bin in diese Stadt gekommen, gehe
arbeiten und versuche, meine Familie zu unterstützen. Ich habe nichts
getan, ich will wissen, warum ich da bin, zumindest dieses Recht steht
mir zu.«

Ich habe noch nicht ausgesprochen, bekomme ich schon einen
Fausthieb von der Seite, wie ein Blitzschlag. Ich stürze zu Boden, der
Wächter hält mich. Von der anderen Seite kommt noch ein Blitz, eine
Faust. Die andere Stimme sagt: »Hört auf mit dem Blödsinn, lasst den
Menschen, warum schlägt ihr ihn?« Er sagt zu mir: »Komm her zu mir,
komm setz dich hin!«

Er macht einen netten Eindruck. »Ich kann mich nicht hinsetzen,
ich weiß nicht, ob dort etwas ist oder nicht.« Er führt mich, gibt mir

einen Sessel und sagt: »Es gibt hier zwei Menschen, die haben uns erzählt, dass du eine bestimmte Person einer Organisation kennst, die wir suchen. Wir wollen von dir, dass du uns zu dieser beschriebenen Person führst! Du bist der Einzige, der sie kennt. Das ist alles, was wir von dir wollen.« Ich antworte: »Sie haben mich schon gestern über eine Person gefragt, die ich nicht kenne. Wäre mir diese Person bekannt, würde ich es sagen. Ich habe nichts mit dieser Organisation und diesen Menschen zu tun!« Er sagt: » So geht das nicht, wir werden uns mit dir beschäftigen.« Ich sage: » Gut, ja.« Er sagt: »Geh und überleg es dir! Wächter komm her!« Der Wächter heißt Xıdır. Alle Wächter heißen Xıdır. »Aber bringt ihn nicht in die Einzelzelle, sondern zu den drei anderen Gefangenen, die wir gestern gebracht haben.« Er bringt mich hinaus, führt mich wieder durch die Gänge und bei einer Zelle macht er die Tür auf. Ich höre den Türriegel schieben. Da ich ihn nicht erkennen soll, darf ich meine Augen, bis er draußen ist, nicht aufmachen. »Wenn ich darauf komme, dass du mich anschaust, bring ich dich um!« Er nimmt das Tuch von meinen Augen. Ich drehe mich nicht um, ich warte. Er sagt: »Geh rein!« Ich gehe in die Zelle hinein. Bevor er mich hineinstößt, dreht er alle anderen Gefangenen mit dem Gesicht an die Wand. »Ein Neuer«, sagt er. Ich gehe hinein, er macht die Tür zu, versperrt sie von außen und verriegelt sie. Ich grüße die anderen, es sind drei Gefangene da. Ich stelle mich vor, sage meinen Namen.

Alle sagen: »Willkommen, wir haben gestern von dir gehört. Du warst neben uns in der Einzelzelle. Jeder, der herkommt, bleibt eine Nacht dort, aber du hast lange nicht gesprochen.« Ich sage: »Ich weiß gar nichts, sie haben mich geschlagen, ich war ohnmächtig, irgendwann bin ich vor Kälte wieder zu mir gekommen.«

Sie machen mir Platz. Die Zelle ist so klein, dass man höchstens auf den Betten sitzen kann, die Matratze ist stark verschmutzt, es gibt keine Decken. Ich frage, seit wann sie da sind. Sie sind seit einigen Tagen hier. Zwei von ihnen waren auf der Straße vor ihrem Haus und hatten Streit. Da kam eine Streife und nahm alle vor und im Haus mit. Auch einen Freund, der zu Besuch aus Frankreich bei ihnen war, haben sie mitgenommen.

Sie waren total verängstigt. Zwei haben sie geschlagen, aber sie haben sie nicht gefoltert wie mich. Sie wissen auch nicht, wie lange sie

hier bleiben werden. Sie sagen: »Wieso haben sie uns hierher gebracht? Vielleicht, weil einer von uns aus Frankreich hier ist und angenommen wird, dass er Kontakt zu einer politischen Organisation hat?«
Er war auf den Boden geworfen worden, das war er nicht gewöhnt. Obwohl er nur Schreie gehört hat und nicht geschlagen wurde, ist er noch immer blass vor Angst. Wir unterhalten uns ein wenig. Ich versuche die Stimmung zu verbessern und unseren Geist zu stärken. Ich mache mich lustig, erzähle Witze über die Zelle und das Verhalten der Polizei. Der aus Frankreich stammende Kurde sagt: »AliRıza, wie oft warst du schon hier?« »Ich bin heute gekommen und das erste Mal hier.«
»Nein, es kommt mir vor, dass du das hier kennst. Du bist der einzige, der versucht, Spaß zu machen und uns zum Lachen zu bringen. Mir kommt vor, dass du die Regeln kennst.«
»Ich war zwei Jahre im Gefängnis und habe auch meine Schmerzen vergessen.« So versuche ich, die Angst und das Misstrauen zu zerstreuen. Durch unsere Gespräche und unser Lachen höre ich eine Stimme von nebenan: »Hallo ich bin Cemil, ich bin auch da. Es ist schön, dass ihr lacht, seit Tagen und Wochen habe ich keinen Menschen hier lachen gehört. Ich bin Kurde aus Pertek.« »Warum bist du da?« frage ich. »Ich weiß es nicht.« Die anderen sagen: »AliRıza, du darfst nicht mit ihm reden. Wenn sie dich hören, bringen sie dich nochmals zur Folter.«
»Sie hören es aber nicht, und wenn, wir reden nicht, wir unterhalten uns nur.« Meine Mitgefangenen erzählen, dass Cemil seit Wochen da ist und die ganze Zeit, seit er da ist, jeden Tag furchtbar gefoltert wird. Sie versuchen, ein Geständnis aus ihm herauszupressen. Es geht um einen Arzt, der ermordet wurde. Sie versuchen, das auf ihn zu schieben und behaupten, dass er auch dabei war, obwohl er nicht dabei gewesen ist. Sie versuchen, auch seine Genossen herauszufinden. Cemil hat bis zu diesem Zeitpunkt noch keinen Namen gesagt, obwohl er jeden Tag zur Folter gebracht wird.
»Vielleicht wirst du es auch hören, vielleicht wird er in ein paar Stunden wieder geholt!« erklärt mir einer meiner Mitgefangenen. Und genauso ist es. Wir hören nur Schreie von Cemil. Es ist furchtbar in diesen Stunden und Tagen. Ständig hören wir Schreie von Menschen. Manche von uns erzählen, dass ein Tonband mit Schreien läuft. Auch wenn sie keine Menschen foltern, lassen sie zur psychischen und

moralischen Unterdrückung, um uns Angst zu machen, das Tonband laufen. Und danach bringen sie jemanden zur Folter. Egal ob die Gefangenen etwas verbrochen haben oder nicht, müssen sie ein Geständnis unterschreiben.

Ja, es ist für mich nichts Neues, diese Geschichten zu hören. Ich habe genug in den zwei Jahren Gefängnis über die Gefolterten, über die Foltergeschichten mitbekommen und auch selbst erlebt.

Cemil wird gefoltert. Er schreit und schreit und schreit.

Am Abend höre ich von ihm, dass er ein Geständnis gemacht hat. Sie nehmen sich ihn wieder vor, um Mitternacht noch einmal. Ich sage auf Kurdisch: «Cemil, warum hast du das gemacht? Jetzt lassen sie dich nicht mehr in Ruhe! Du hast es schon ein paar Tage geschafft, warum hast du das gemacht? Jetzt wirst du noch länger gefoltert!»

Er sagt, er hat es nicht mehr ausgehalten. Er kann nicht mehr, er kann nicht, seine Kraft ist am Ende. Er hat lauter Blödsinn gesagt, er hat Dinge gesagt, die er nie getan hat, ganz einfach gelogen, ganz einfach Namen gesagt, Geschichten erzählt. Auf der einen Seite ist Cemil erleichtert und hofft, dass die Folter aufhört.

Aber die Folter geht weiter.

Einige Tage vergehen, sie schlagen mich nicht. Sie warten. Ich weiß nicht, ob am dritten oder vierten Tag, da holen sie mich noch einmal. Die beiden Männer, Hassan und Ismail, die gegen mich ausgesagt haben, sind jetzt auch da. Bei meinem ersten Verhör waren sie nicht dabei gewesen, da sie von der Polizei verhört und gefoltert wurden und dazu gebracht worden sind, Geständnisse zu unterschreiben. Das ist hier so üblich, bevor die Gefangenen nach einiger Zeit dem Militär übergeben werden. Hassan und Ismail waren darauf vorbereitet, dem Militär übergeben zu werden. Ich wiederhole erneut, dass ich die beiden nicht kenne, dass ich die Leute, die sie erwähnen nicht kenne,

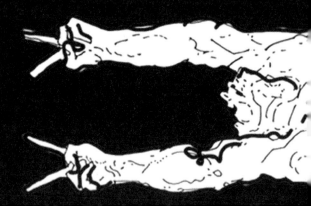

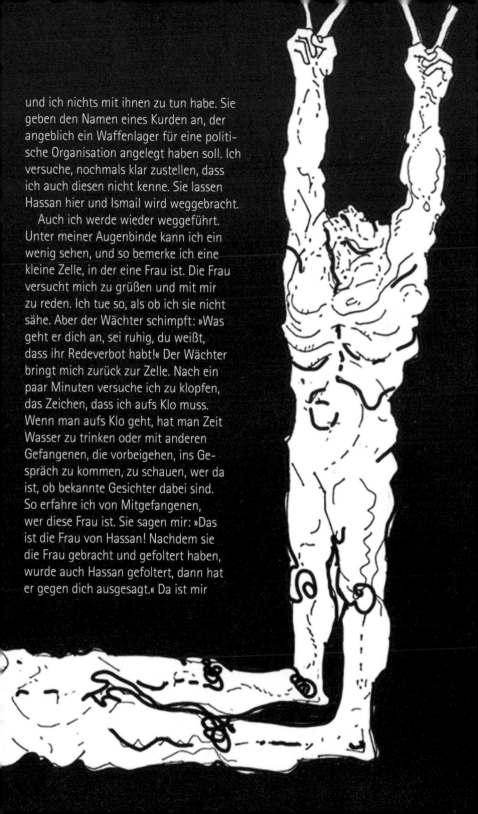

und ich nichts mit ihnen zu tun habe. Sie geben den Namen eines Kurden an, der angeblich ein Waffenlager für eine politische Organisation angelegt haben soll. Ich versuche, nochmals klar zustellen, dass ich auch diesen nicht kenne. Sie lassen Hassan hier und Ismail wird weggebracht.

Auch ich werde wieder weggeführt. Unter meiner Augenbinde kann ich ein wenig sehen, und so bemerke ich eine kleine Zelle, in der eine Frau ist. Die Frau versucht mich zu grüßen und mit mir zu reden. Ich tue so, als ob ich sie nicht sähe. Aber der Wächter schimpft: »Was geht er dich an, sei ruhig, du weißt, dass ihr Redeverbot habt!« Der Wächter bringt mich zurück zur Zelle. Nach ein paar Minuten versuche ich zu klopfen, das Zeichen, dass ich aufs Klo muss. Wenn man aufs Klo geht, hat man Zeit Wasser zu trinken oder mit anderen Gefangenen, die vorbeigehen, ins Gespräch zu kommen, zu schauen, wer da ist, ob bekannte Gesichter dabei sind. So erfahre ich von Mitgefangenen, wer diese Frau ist. Sie sagen mir: »Das ist die Frau von Hassan! Nachdem sie die Frau gebracht und gefoltert haben, wurde auch Hassan gefoltert, dann hat er gegen dich ausgesagt.« Da ist mir

alles klar. Der Wächter bringt mich schnell wieder zurück in die Zelle. Er sagt:»Wir müssen schnell machen, du kommst gleich dran!« Ich sage:»Was?«
Er sagt:»Du wirst sehen. Du hast einen Fehler gemacht, du hast kein Geständnis gemacht!«
»Ja, wenn ich die Menschen nicht kenne, wenn ich keine Ahnung von denen habe, warum soll ich ein Geständnis machen? Ich habe kein Verbrechen begangen! Ich bin von der Arbeit gekommen, ich war zu Hause, sie haben mich aus dem Bett geholt. Die Leute, die sie mir gezeigt haben, die kenne ich nicht. Kann sein, dass diese Menschen gefoltert worden sind und dass sie durch ihre Schmerzen ganz einfach Namen nennen. Kann auch sein, dass sie mich kennen, aber ich kenne diese Leute nicht! Wenn ich etwas nicht gemacht habe, warum soll ich ja sagen?« Er sagt:»Du wirst sehen!«
Nach ein paar Minuten holt er mich wieder. Augen zu, ich werde irgendwohin geführt. Richtige Folter. Ich soll mich ausziehen. Ich weigere mich. Unter ständigem Schlagen ziehen sie mir alle Sachen aus. Auch die Unterhose. Ich bin ganz nackt, sie machen sich lustig über meinen Körper, über mein Glied, über mein Aussehen. Lachen. Ich schreie, ich schimpfe, dass das unmenschlich ist.
Sie sagen:»Wir werden es dir zeigen, deine Klappe ist sehr groß, wir werden sie ein bisschen verkleinern!«
Und jemand gibt jemandem einen Befehl:»Xıdır, bring ihn!« Xıdır zerrt an meiner Hand. Weil ich mich wehre, werden meine Hände mit Handschellen gebunden. Nackt zerrt er mich irgendwohin, ich spüre nassen Boden, ich merke, dass sie mich zum Klo gebracht haben. Auf einmal spritzen sie mich voll Wasser. Kaltes Wasser, eiskalt, es ist sowieso kalt, es ist Januar, eiskalt, und ich schreie, renne, stürze auf der Seite zur Tür, auf der anderen zur Mauer. Einer lacht und beschimpft mich:»Du Hurensohn, wo gehst du hin? Du kannst nirgends hin, bleib stehen!«
Ich hocke mich hin und verstecke meinen Kopf in den Armen. Ich kann es nicht aushalten, dass das kalte Wasser auf den Kopf spritzt. Ich zittere, ich lege mich in die Ecke... ich weiß nicht, wo das ist... in einer Ecke bei der Mauer. Wasser wie aus einem Wasserwerfer. Ich zittere nur, es ist kalt. Ich spüre die Kälte, mein Körper zittert vor Wut und Ärger. Ich sage:»Genug, bitte lasst das!«

Sie machen sich lustig über mich und beschimpfen mich. Dann hören sie auf mit dem Wasser. Ich zittere, meine Zähne klappern, mein ganzer Körper. Sie zerren mich raus, zu zweit, stoßen mich auf den Boden und beginnen zuzuschlagen. Ich spüre nur einen Autoreifen. Ich kenne das von den früheren Foltererlebnissen. Sie halten mich, schieben den Autoreifen über meine Brust und biegen dann den Reifen, sodass ein Teil des Reifens unter meinem Kopf ist. Das dient dazu, dass ich mich nicht bewege, dass ich mit dem Kopf nicht auf den Boden schlage.

Ich weiß nicht, wie viele Personen da sind, ich höre nur verschiedene Stimmen. Sie nehmen meine Füße hoch. Mein Kopf schleift mit dem Reifen auf dem Boden, mein Rücken auf dem Boden. Der eine hockt sich auf meine Brust, ich bekomme kaum Luft. Ich schreie: »Ich bekomme keine Luft!« In dem Moment heben sie meine Füße hoch, binden sie mit einem Seil, und mit einem Holz drehen sie es ein. Der eine beginnt, auf meine Fußsohlen zu schlagen, zuerst mit einem Gummi. Der andere sagt: »Laß den Gummi, der Gummi macht ganz blau, nimm das da!« Ich spüre ein Holzstück. Sie schlagen mich, ich habe unbeschreibliche Schmerzen, schreie! Ich versuche mich zu bewegen, aufzustehen, auf die Seite, das tut höllisch weh. Sie schlagen weiter. Der eine Schläger fragt: »Wirst du das unterschreiben, wirst du ein Geständnis machen oder nicht?«

Ich sage: »Schauen Sie, ich kenne diese Leute nicht, ich kenne auch den nicht, der gegen mich ausgesagt hat! Ich kenne ihn wirklich nicht, warum glaubt ihr mir nicht?«

Sie schlagen mich wieder, wie wahnsinnig vor Wut und Ärger, und ich schreie nur, schreie, ich weiß nicht wie lange. Irgendwann verliere ich meine Stimme, meine Kraft, ich werde wieder ohnmächtig. Ich werde wach, als ich kaltes Wasser spüre. Als ich merke, dass sie mich wieder unter kaltes Wasser gestellt haben, schreie ich, bleibe aber stehen. Sie schlagen mich bis ich ruhig bin.

Als ich wieder zu mir komme und aufwache, spüre ich kalten Boden und weiß nur, dass ich wieder in der in der Zelle liege. Ich kann mich nicht bewegen, fühle mich wie ein Eisklotz. Innerlich bin ich total gefroren. Ich spüre, dass meine Kleider neben mir liegen. Ich versuche sie zu nehmen und anzuziehen, habe keine Kraft, schaffe das nicht, meine

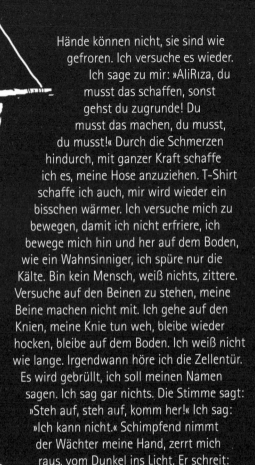

Hände können nicht, sie sind wie gefroren. Ich versuche es wieder. Ich sage zu mir: »AliRıza, du musst das schaffen, sonst gehst du zugrunde! Du musst das machen, du musst, du musst!« Durch die Schmerzen hindurch, mit ganzer Kraft schaffe ich es, meine Hose anzuziehen. T-Shirt schaffe ich auch, mir wird wieder ein bisschen wärmer. Ich versuche mich zu bewegen, damit ich nicht erfriere, ich bewege mich hin und her auf dem Boden, wie ein Wahnsinniger, ich spüre nur die Kälte. Bin kein Mensch, weiß nichts, zittere. Versuche auf den Beinen zu stehen, meine Beine machen nicht mit. Ich gehe auf den Knien, meine Knie tun weh, bleibe wieder hocken, bleibe auf dem Boden. Ich weiß nicht wie lange. Irgendwann höre ich die Zellentür. Es wird gebrüllt, ich soll meinen Namen sagen. Ich sag gar nichts. Die Stimme sagt: »Steh auf, steh auf, komm her!« Ich sag: »Ich kann nicht.« Schimpfend nimmt der Wächter meine Hand, zerrt mich raus, vom Dunkel ins Licht. Er schreit: » Schau nicht, dreh dich nicht um!« Ich sage ihm: »Ich kann nichts sehen, ich habe Probleme mit dem Licht, ich war die ganze Zeit in der dunklen Zelle!« Er dreht mich um und verbindet meine Augen, versucht mich auf die Beine zu stellen. Er hilft mir, nimmt meine Hand, schleppt mich durch die Gänge bis ins Verhörzimmer. Von den Stimmen her sind einige Polizisten da. Der Wächter redet mit ihnen. Er sagt, dass meine Füße nicht in Ordnung sind. Meine Füße sind geschwollen, ich spüre nichts vor lauter Schmerzen. Sie beraten sich.

Irgendwann kommt der eine und fragt: »Wer hat dich so geschlagen? Und warum?« Ich versuche, ihm klar zu machen, dass er mich nicht verarschen soll, da er mich selbst in diesen Zustand gebracht hat.

Der andere macht mir Vorwürfe, warum ich nicht spazieren gegangen sei, da wären die Füße nicht so geschwollen. Er ruft den Wächter Xıdır, er soll mich ins Nebenzimmer bringen, dort duschen und mich nachher herumgehen lassen. Der Wächter nimmt mich und stellt mich wieder unter kaltes Wasser. Nachher, auf dem Boden, versucht er mich hin und her zu schieben. Ich spüre etwas unter meinen Füßen, steinartig, wie Kiesel.

Und irgendwann, als auf meinen Fußsohlen die Blasen platzen, merke ich brennende Schmerzen. Ich merke, dass ich auf Meersalz hin und her gehen muss. Die Folterer meinen, das täte gut, die Schwellungen würden zurückgehen. Meinen sie.

Iᴄʜ sᴄʜʀᴇɪᴇ.

Dann bringt mich der Wächter ins Nebenzimmer, und sie fesseln meine Hände. Sie stellen mich auf einen Tisch oder Sessel. Ich merke, dass ich an einem Haken aufgehängt werde, von dieser Foltermethode hab ich schon gehört. Die Arme werden seitlich ausgestreckt und auf ein Kreuz gebunden. Dann wird der Tisch oder Sessel weggezogen. Und dann binden sie meine anderen Körperteile fest. Ich merke, dass das ein Elektroschock wird. Ich habe von anderen Gefangenen gehört, dass verschiedene Körperteile an Kabel angeschlossen werden und Strom gegeben wird. Ich versuche, mich zu wehren, aber ich kann nicht, ich hänge in der Luft. Sie bereiten alles vor und binden dann unter meine Finger ein Kabel und unter meine Brust ein zweites. Ich wehre mich mit meinem ganzen Körper. Irgendwann habe ich angefangen zu schreien.

Iᴄʜ sᴄʜʀᴇɪᴇ ɴᴜʀ.

Ich merke, wenn sie Strom geben, bekomme ich kaum Luft. Das ist, wie wenn mein ganzer Bauch, meine inneren Organe zerreißen würden. Ich bekomme kaum Luft, und in dem Moment schreie ich wieder. Wenn ich schreie, merke ich, dass mir das gut tut! Ich weiß nicht genau, wie lange das dauert. Hin und wieder gibt es Unterbrechungen. Meine Arme tun weh, meine Körper schwingt hin und her in der Luft, wenn ich schreie, schmerzen meine Füße fürchterlich. Ich werde ohnmächtig. Ich komme wieder zu mir, als ich Kälte spüre. Kaltes Wasser.

Nach dem Elektroschock bringen sie mich in den Toilettenbereich, und Xıdır gießt wieder einen kalten Wasserschwall auf meinen Kopf. Das ist, wie wenn mein Hirn zerplatzt, und ich schreie: »Nein, nein, ich will das nicht!«
Ich verstecke meinen Kopf unter den Beinen, damit das Wasser nicht so direkt draufknallt, ich versuche mit meinen Händen den Kopf zu schützen. Irgendwann hört er auf. Danach kann ich nicht mehr gehen. Überall tut es weh. Sie schleppen mich zu einer Zelle, werfen mich hinein.
Diese Folter geht, ich weiß nicht genau, ein, zwei Wochen lang. Jeden Tag werde ich abgeholt: Elektroschock. Im Verhörzimmer soll ich die Dokumente unterschreiben, die sie vorbereitet haben. Ich wehre mich dagegen, werde ohnmächtig, dann schleppen sie mich wieder in die Zelle. Dann merke ich, dass ich tageweise kein Essen bekomme. Irgendeiner von den Mitgefangenen sagt mir, dass ich seit zwei Wochen dort bin. In der Zelle kann ich nicht am Boden liegen, sondern werde an einer Hand mit Handschellen aufgehängt. Das heißt, ich kann nicht sitzen, ich muss immer stehen, Tag und Nacht. Aber ich lerne, auf den Beinen stehend zu schlafen. Wenn ich irgendwie einknicke, dann sinkt mein Körper Richtung Boden, ich hänge an den Handschellen, dann stehe ich wieder auf. In dieser Phase der brutale Folterungen gewöhnt sich mein Körper an Nächte ohne Schlaf.

Eines Tages kommt ein Mitgefangener zu mir in die Zelle. Er merkt, dass ich auch da bin, und in der dunklen Zelle versucht er mit mir zu reden. Er ist nicht gefesselt. Er erzählte mir, dass er schon davon gehört hatte, dass ich seit zwei Wochen da aufgehängt bin. Ob ich überhaupt schlafen könne.

Ich sagte: »Ich weiß es nicht, ich habe nicht mitbekommen, wie lange ich da bin, ich habe kaum gegessen. Nur trockenes Brot, Orangen und Mandarinen, die mir Mitgefangene geschält unter der Zellentür durchgeschoben haben.«

Mein Mitgefangener, Mehmet, er stammte aus Bingöl, war ein Kämpfer der PKK. Er erzählte mir, dass man ihn mit fünfundvierzig Freunden im Mardingebiet in einer Berghöhle gefangen genommen hatte. Sie waren von dort nach Mardin, von Mardin nach Dıyarbakır, dann nach Bingöl und dann nach Elazıg ins Folterzentrum gebracht worden. Gebrochen von der Folter begann er, die Menschen in den Dörfern zu verraten, die ihm Essen gegeben und versteckt hatten. Er hätte auch Aussagen gegen sie gemacht.

Ich konnte das nicht glauben und misstraute seinen Erzählungen. Ich dachte, er könnte ein Spitzel sein, der versuchte, etwas aus mir herauszubekommen. Ich hielt Distanz zu Mehmet. Irgendwann bot er mir an, dass er in der Nacht so sitzen würde, dass ich an seiner Schulter lehnen könne, damit ich ein wenig Schlaf bekäme.

Ich lehnte dankend ab. Doch irgendwann spürte ich Mehmet unter mir. Wenn ich so auch besser einschlief, ich konnte es nicht ertragen, auf einem Menschen zu sitzen und auf ihm zu schlafen. Ich konnte es einfach nicht. So lehnte ich nochmals dankend ab.

Nach zwei Tagen nahmen sie mich wieder ins Verhör. Sie versuchten, mich dazu zu bewegen, dass ich einige Menschen verrate. Ich sagte ihnen: »Ich habe keine Ahnung von den Menschen, nach denen sie mich fragen! Schreiben sie alles auf, und ich werde es lesen und dann kann ich unterschreiben. Wenn ich etwas nicht lesen kann, werde ich auch nicht unterschreiben. Sie können mich umbringen oder tun, was sie wollen, aber das werde ich nicht machen!« Sie wurden wütend.

Sie schworen mir: »Wir werden es hinbekommen, dass du das unterschreibst, wir werden das schaffen!« Ich wurde beschimpft und erneut geschlagen. Und dann brachten sie mich nicht zurück in die alte Zelle, sondern in den Keller. Sie nahmen sie mir die Augenbinde ab, und ich sah Soldaten. Also nicht mehr Polizei sondern Militär!

Ich wurde in eine Zelle gebracht. Nach ein paar Minuten wurde ein weiterer Gefangener hereingeschoben. Ihm wurde der Befehl gegeben dafür zu sorgen, dass ich viel spazieren gehe und viel herum renne, damit die Schwellungen auf meinen Füßen wieder zurückgehen. Er hieß Mustafa und stammte aus Mersin. Er war gestern Abend gebracht worden, der Grund seiner Festnahme war seine Ähnlichkeit mit Abdullah Öcalan. Er hatte das Unglück, mit ihm verwechselt zu werden. Ich konnte ihn in der dunklen Zelle nicht sehen, und außerdem waren seine Haare und sein Schnurrbart abrasiert worden. Ich kannte Abdullah Öcalan nur von einem Bild, das ich kurz in Elazığ 1977 gesehen hatte.

Mustafa half mir. Er versuchte, meine Füße zu massieren, versuchte, mich zu tragen und hin und her zu führen. Zwei Tage war er bei mir.

Danach holten sie ihn hinauf, und ich wurde auch wieder hinauf zur Polizei gebracht.

Ich kam ohne Augenbinde in eine neue Zelle. Ich wurde an ein Bett gefesselt. Es war noch ein Gefangener dort, er hieß Dogan und war ein Kurde aus dem Karakocangebiet von Elazıg. Er begrüßte mich. Ich sah, dass er einen verletzten Fuß hatte, an starken Schmerzen litt und blutete. Auf meine Fragen hin erzählte er mir, dass er seit einer Woche hier sei. Er war ein kurdischer Bauernjunge, der sich den Widerstandskämpfern in den Bergen angeschlossen hatte.

Bei Auseinandersetzungen zwischen den Widerstandskämpfern und der Armee in der Umgebung von Karakocan wurde er verhaftet. Er war unbewaffnet gewesen und wollte sich ergeben. Die Soldaten schossen trotzdem, und er wurde an einem Bein von einer Kugel getroffen. Seine Wunde wurde nicht im Krankenhaus behandelt. Seit einer Woche wurde er gefoltert.

Die Folterknechte hatten mit einem Stab in der offenen Wunde herumgebohrt und in die Wunde Elektroschocks gegeben. So war diese Beinwunde in einem schrecklichen Zustand, und er litt fürchterliche Schmerzen. Das Zimmer war groß und in der Mitte gab es zwei Stockbetten. Er durfte schlafen, aber ich nicht. Sie hatten mich auf dem Boden neben dem Bett so gefesselt, dass ich mich nicht auf das Bett legen konnte. An meinem zweiten Tag in diesem Zimmer wurde noch ein Gefangener gebracht. Er war nicht aus der linken Szene, sondern von den Grauen Wölfen. Die Grauen Wölfe sind eine nationalistische, faschistische Gruppierung, die die damalige Regierung unterstützten. Er war wegen einer Aussage von jemandem verhaftet und hier ganz gut aufgenommen worden, er wurde nicht geschlagen und nicht gefoltert. Als er Dogan und mich in unserem Zustand sah, war er schockiert. Erschreckt und verängstigt begann er zu weinen. Nachdem wir von uns erzählt hatten, erzählte er auch viel von sich. Und er half uns. Er versuchte meine Füße ein wenig zu massieren, versuchte Essen zu bringen, damit ich ein bisschen mehr esse. Seine Essensrationen gab er Dogan und mir.

Trotz seiner politischen Einstellung konnte ich ihn wegen seiner menschlichen Haltung annehmen. Ich fragte ihn, ob er auch Kurde sei. Er lachte und bejahte. Er kam aus dem Zazagebiet von Palu und war ohne Vater im Internat aufgewachsen. Dort war er in Kontakt mit der nationalen Volkspartei, der MHP, gekommen und hatte die Bozkurt, die Grauen Wölfe kennen gelernt. Da seine Mutter Alleinerzieherin war und wenig Geld hatte, waren sein Bruder und er von den Bozkurt finanziert worden. So waren sie an diese Organisation gebunden und darin auch politisch aktiv geworden.

Ich wurde wieder ins Verhör genommen. Wieder versuchten sie, etwas gegen mich zu finden. Sie hatten meine alten Akten aus den Jahren 1976/77 herausgesucht und studiert. Damals war ich das erste Mal verhaftet worden, weil wir kurdische Parolen auf eine Wand geschrieben hatten.

Einer der damaligen Mitverhafteten hatte eine Aussage gegen Murat, einen Kurden, gemacht, und ich wurde zu Murat befragt. Ich hatte in meinem damaligen Verhör gesagt: »Ich kenne diesen Menschen schon, habe aber keine Aussage gegen ihn gemacht. Er ist aus meinem

Gebiet und mein Nachbar. Ich kenne seine Familie und bin mit ihm aufgewachsen.«

Sie fragten mich, ob er ein politisch orientierter Kommunist sei, und ich erwiderte, dass ich nichts über seine politische Tätigkeit wisse. Ich sagte: »Zeigen sie mir meine damalige Aussage. Wenn ich damals den Namen Murat erwähnt habe, dann stehe ich auch dazu. Ich kenne diesen Menschen, aber von seiner politischen Tätigkeit habe ich keine Ahnung. Er wohnt in meinem Bezirk, er ist mein Nachbar. Und er müsste auch zu Hause sein, ich habe ihn gesehen.«

Am Abend fuhren sie mit mir im Polizeiauto in meinen Bezirk. Meine Augen waren verbunden. Wir stiegen aus, sie führten mich, und auf einmal nahmen sie mir die Augenbinde ab. Vor den Häusern saßen Frauen, Männer und Jugendliche. Die Polizisten fragten nach, ob ich alle kenne. Ich sagte: »Ja, ich bin hier aufgewachsen, natürlich kenne ich hier die meisten Menschen!«

Ich wusste nicht, ob ich erkannt worden war. Sie führten mich durch, um mich den Menschen zu zeigen, zu zeigen, dass jemand durch Aussagen von mir verhaftet werden könnte. Das war eine beliebte Methode der Polizei, um in den Bezirken Angst zu verbreiten. Ich wurde zurück ins Gefängnis gebracht.

Nach einer nächtlichen Hausdurchsuchung bei seiner Familie wurde Murat verhaftet. In der Früh brachten sie ihn ins Folterzentrum. Ich hörte seine Schritte, ich hörte seine Stimme. Ich bat Dogan, den Mitgefangene mit der Fußwunde, in der Früh aufs Klo zu gehen, um Murat zu treffen und mit ihm zu reden. Er solle keine Aussage gegen mich machen, ich hätte keine Aussage gegen ihn gemacht, und er solle nichts unterschreiben. Dogan ging aufs Klo und sprach dort mit ihm.

Murat wurde einige Male gefoltert. Auch mit Strom. ER SCHRIE UND SCHRIE. Das Folterzimmer war neben unserer Zelle, und so bekam ich einiges mit. Wieder wurde ich verhört und über Murat ausgefragt. Ich sagte: »Ich kenne diesen Menschen, er geht arbeiten! Ich weiß nicht, ob er politisch engagiert ist, fragt ihn selber! Ich habe gar nichts gegen ihn!« Wegen meines schlechten Zustands in dieser Zeit wurde ich nicht gefoltert, aber schlecht behandelt und beschimpft. Ungefähr drei Tage, nachdem Murat verhaftet worden war, hörte ich eine Stimme -

einen Schrei, einen Frauenschrei. Mir wurde schlecht: Ich spürte, dass es jemand aus meiner Familie war.

Ich sagte: »Dogan, ich glaube, das ist meine Schwester!« Dogan und der andere, der von den Grauen Wölfen, versuchten, mich zu beruhigen: »Nein, nein AliRıza! Das ist nicht deine Schwester, warum soll es deine Schwester sein!« Ich sagte: »Ich spüre es, das ist meine Schwester. Den Schrei kenne ich, ich fühle es in meinem Inneren, dass es meine Schwester ist!« Und plötzlich begann ich zu weinen, ich konnte meine Tränen nicht stoppen. ICH WEINTE UND WEINTE UND WEINTE.

Dogan wollte mich trösten: »AliRıza ich glaube nicht, dass es deine Schwester ist. Wir werden sehen!« Einige Stunden nachdem die Schreie geendet haben, kommen sie, verbinden meine Augen, nehmen mich und bringen mich ins Verhörzimmer. Ich höre eine Stimme und merke, dass meine Schwester wirklich da ist. Sie foltern mich wieder. Sie hängen mich wieder an den Haken. Elektroschock und Folter und Elektroschock. Stundenlang. Wieder Verhör, wieder Elektroschock. Ich weiß nicht, wie lange das dauert, vielleicht drei bis vier Stunden.

Dann bringen sie meine Schwester in das Zimmer und versuchen, sie unter Druck zu setzen: »Unterschreiben sie für ihren Bruder!« Sie wehrt sich dagegen, und auf kurdisch sagt sie zu mir: »Bruder, ich bin auch da. Sie versuchen, mich zu zwingen, gegen dich Aussagen zu machen und auch gegen dich zu unterschreiben. Aber ich werde das nicht tun!« Und auf Kurdisch erwidere ich: »Ja, Schwester, halt' durch, auch wir werden durchhalten! Wer außer dir ist noch verhaftet worden?« Sie sagt: »Ich glaube, die ganze Familie!«

Mir wird schlecht und ich werde wütend. Ich schreie die Folterer an, beschimpfe sie. Zum ersten Mal rebelliere ich, zum ersten Mal versuche ich, meine Augen aufzumachen. Ich werfe das Tuch hin. Ich schlage um mich, sie prügeln mich, sie fesseln meine Hände, und danach bringen sie mich wieder unter kaltes Wasser. Wieder Elektroschock. Dann werde ich ohnmächtig.

Irgendwann wache ich in dem Zimmer, in dem Dogan ist, auf dem Boden auf, wieder gefesselt. Dann merke ich, dass auch meine Füße stinken und meine Fußsohlen bluten. Ich kann nicht mehr auf meinen Füßen stehen. Alles ist offen - offene Blutungen. Die Haut ist weg, alles ist voller Blut, ich habe fürchterliche Schmerzen. Ich weiß nicht, ob meine Schwester diesen Zustand gesehen hat oder nicht, aber sie weiß alles. Nach einigen Wochen bemerkte ich, dass meine Schwester den Soldaten übergeben und hinuntergebracht worden war. Die Gefangenen wurden von der Polizei an die Soldaten weitergegeben, die sie zum Militärgericht führten. Nach zwei Tagen bekam ich mit, dass meine Schwester mit zwei Männern, die meinen Namen genannt hatten, zu Gericht gebracht worden war. Durch das MHP- Mitglied erfuhr ich, dass meine Schwester nach diesem Militärgericht freigelassen worden war. Das war für mich eine große Freude.

An diesem Tag vergaß ich meine Schmerzen, ich dachte an meine Schwester und freute mich über ihre Freiheit. Einige Tage wurde ich nicht gefoltert. Meine Füße wurden immer schlimmer. Sie brachten mich in eine andere Zelle. In dieser Zelle waren noch zwei Gefangene. Ich merkte, dass in diesen drei Wochen viele Menschen gefangen genommen worden waren. Die Zelle, in die ich gebracht wurde, hatte Betten. Es war das erste Mal hier, dass ich in einem Bett schlafen konnte.

Ich hatte zwei Mitgefangene. Der eine war der Bruder von Hussein Sancar aus Dersim, der andere sein Freund. Beide waren Kaffeehausbesitzer, die wegen illegaler Kartenspiele verhaftet worden waren. Die Polizei hatte erfahren, dass Huseyin Sancar, der Jus studiert hatte, politisch aktiv gewesen war. Deshalb war er von der Universität ausgeschlossen worden. Später wurde er in Dersim ermordet. Meine beiden Mitgefangenen waren sehr nett. Sie sahen meinen Zustand und das Blut an meinen Füßen. Sie versuchten, ihre Schmerzen und ihre eigenen Sorgen zu vergessen und mich zu unterstützen. Der eine weinte fast Tag und Nacht. Er hieß Mehmet Ali. Er hatte unglaubliche Angst vor der Folter.

Ich versuchte, ihn zu ermutigen, ein wenig zu erheitern und ihm Kraft zu geben. Ich redete mit ihm, versuchte ihn zu stärken, sagte ihm, dass er die Qualen durchstehen könne, dass er freigelassen würde, wenn er darauf bestünde, keine Papiere zu unterschreiben, ohne sie vorher gelesen zu haben. Ich sagte zu Mehmet Ali: »Sie können dir nichts vorwerfen, du hast nichts getan. Du bist wegen illegalen Kartenspiels hier, und sie wollen nur Geld von euch, dann werdet ihr frei kommen. Ihr werdet bald entlassen, ihr werdet sehen, ihr werdet bald die Freiheit genießen!«

Es war Wochenende. Xıdır kam zu mir, versuchte mit mir zu reden und sah sich meine Wunden an. Er kümmerte sich ein wenig um mich. Ich dachte mir, er hätte Befehl von den Polizisten erhalten, hin und wieder nach meinem Befinden zu sehen. Ich versuchte, ihn auf meine Seite zu bekommen und sagte zu ihm: »Ich kenne sie nicht, und sie kennen mich auch nicht. Vielleicht haben sie Kinder in meinem Alter oder auch jüngere! Seitdem ich hier bin, haben sie vielleicht bemerkt, dass ich nichts verbrochen habe! Meine Wunde stinkt, hätten sie vielleicht ein Desinfektionsmittel, damit ich meine Wunde säubern kann? Könnten sie vielleicht organisieren, dass ich zu einem Arzt komme oder Medikamente aus der Apotheke bekomme? Ich bitte sie, ich habe genug Geld (Man hatte mir bei meiner Verhaftung 8000 Lira abgenommen und bewahrte sie für mich auf)! Nehmen sie von meinem Geld, gehen sie zur Apotheke und kaufen sie, was für mich notwendig ist!

Er schaute mich nachdenklich an und sagte: »Das ist ein Risiko für mich!« »Bitte fragen sie die Polizei, wenn sie mich nicht selbst zum Arzt bringen wollen oder können. Die sollen mir etwas besorgen mit meinem Geld!«

Er ging hinaus. Ich dachte mir schon, dass er mit den Polizisten sprechen würde. Er kam zurück und sagte: »Unterschreib hier!« Ich hatte 8.000 Lira bei mir, das war viel Geld für diese Leute. Ich gab Xıdır Geld - für ihn persönlich und für die notwendigen Einkäufe für mich. Gegen Abend kam er, von den Polizisten unbemerkt, mit einem Fläschchen Desinfektionsmittel zu mir. Mehmet Ali und mein anderer Mitgefangener halfen mir.

Ich sagte mir: »Das wird jetzt weh tun!« Ich biss in meinen Polster, und sie versuchten, meine Füße mit dem Mittel zu reinigen. Es schmerzte unbeschreiblich. Mit meinen Händen klammerte ich mich ans Bett, und den Polster hatte ich im Mund. Nach zehn Minuten war alles vorbei! Es hatte mir furchtbare Schmerzen bereitet, aber es war auch eine große Erleichterung.

Ich wollte nicht, dass ich eine Blutvergiftung bekäme, die Wunde sich weiter infizierte und meine Beine amputiert wurden. Das machte mir Angst. Dieses Mittel war gut. Drei Tage lang desinfizierten meine Mitgefangenen meine wunden Füße. Ich merkte, dass die Wunden sauber waren, nicht eiterten und auch nicht stanken. Das war die

Rettung vor der Amputation! Die Tage waren lang. Tage, Monate, ich wusste nicht mehr, wie lange ich hier war. Als ich mich langsam wieder zu erholen begann, wurde ich wieder gefoltert. Verhöre. Die Folter hörte nicht auf. Irgendwann gaben sie auf und versuchten, meine Gesundung zu beschleunigen. Meine Füße sollten heilen. Eines Tages wurde ich zur Gendarmerie gebracht, ich sollte von dort zum Gericht geführt werden. Der Offizier der Abteilung nahm mich entgegen und sah, warum ich nicht gehen konnte. Obwohl er bei der Folter dabei gewesen war, und er genau Bescheid weiß, schaute er meine Füße noch einmal an. Scheinheilig nahm er die Soldaten zur Seite, beschimpfte sie, er könne so die Verantwortung nicht übernehmen. Sie schickten mich wieder zurück zur Polizei. Die Beamten kamen und redeten noch einmal mit mir. Sie versuchten, mich erneut zum Unterschreiben der Papiere zu bringen. Ich sagte nein! Sie sollten mich entweder umbringen und verschwinden oder mich frei lassen und nach Hause bringen.

Die Tage vergehen. Ich sah viele neue Verhaftete. Ich habe meine Schmerzen vergessen. Jeden Tag hörte ich die Schreie der gefolterten Menschen. Ich hielt das nicht mehr aus. Ich hatte das Gefühl, ich gehe zugrunde. Es war eine schlimme Zeit. Ich weiß nicht, wie lange ich schon da war, ich schätze, zwei Monate.

Eines Tages werde ich zum Verhör geholt -man sagt mir es sei das Letzte. Ich freue mich, ich denke, endlich werde ich freigelassen! Aber das ist keine Freilassung, sondern wieder ein Verhör mit Folter. Meine Augen sind verbunden, sie hängen mich wieder an den Haken und es gibt Elektroschock, kaltes Wasser, Elektroschock, kaltes Wasser.

Irgendwann, ich weiß nicht, wie viele Stunden vergehen, irgendwann bin ich wieder ohnmächtig. Irgendwann stehe ich wieder auf, in einer anderen Zelle. Überall tut es weh. Ich merke, dass meine Finger bluten, und meine Lippen ganz geschwollen sind. Die alten Wunden, kaum geheilt, sind wieder aufgegangen und meine Füße bluten. Ich kann vor Schmerzen nicht gehen.

Die Gruppe, die mich immer wieder foltert, gibt an, dass sie extra für mich aus Ankara gekommen ist. Sie werfen mir vor, in einer politischen Organisation tätig gewesen zu sein. Die Dinge, die sie mir vorwerfen, entsprechen nicht der Wahrheit. Ich bleibe hartnäckig und sage ihnen,

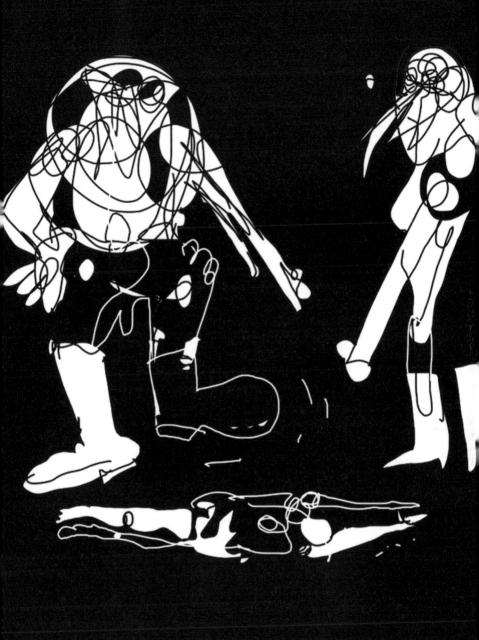

dass ich kein Verbrechen begangen habe. Ich weiß, dass alles, was ich aussage, gegen mich verwendet wird. Ich mache keine Aussage mehr, ich bleibe bei meinen ersten Aussagen.

Nach zwei Tagen Ruhepause kommt der Xıdır, schleppt mich wieder weg, verbindet meine Augen, bringt mich ins Verhörzimmer. Dort redet der Leiter der Abteilung über meinen Zustand mit mir. Ich sage zu ihm: »Warum nehmen sie mir meine Augenbinde nicht ab? Ich weiß, wie sie ausschauen, ich weiß wer sie sind, ich kenne sie von früher, als sie durch die Straßen patrouillierten!«

In meiner Wut und meinem Ärger beschreibe ich ihn, obwohl ich ihn nicht kenne. In meinem Inneren weiß ich über sein Wesen und sein Aussehen Bescheid, und sein Bild entsteht ganz klar in mir. Ich beschreibe sein Gesicht, Schnurrbart, Haare und die kleine Statur. Er wird wütend. Als er mir die Augenbinde abnimmt, sehe ich, dass er genauso aussieht, wie ich ihn beschrieben habe. Durch sein Auftreten konnte ich mir ein Bild von ihm machen.

Er verhandelt mit mir. Ich sage: »Ich war zwei Jahre im Gefängnis, ich habe Menschen gesehen, die durchs Folterzentrum gegangen sind, denen die Beine amputiert wurden, ich habe Menschen gesehen, deren Hände amputiert wurden, ich habe Menschen gesehen, die umgebracht wurden - und nichts wurde damit erreicht! Sie waren im Gefängnis und trotzten der Folter! Was wollen sie von mir, wovor haben sie Angst?

Ich werde sie nicht anklagen. Kein Rechtsanwalt wird diese Sache übernehmen! Ich habe kein Geld dafür, und auch meine Familie kann sich keinen Rechtsanwalt leisten. Es hat auch keinen Sinn, dass ich Vorwürfe gegen die Folter bei Gericht erhebe, die Gerichte sind sowieso Militärgerichte. Führen sie mich doch vor Gericht, der Richter soll entscheiden, ob ich verhaftet oder freigelassen und nach Hause gebracht werde!«

Ich werde untersucht, und sie beschließen, mich in den nächsten Tagen zum Militärarzt ins Militärkrankenhaus zu bringen. Wenn der Militärarzt bestätigt, dass ich nicht gefoltert worden bin, dann kann ich zu allen Zivilärzten gehen. Aber vor Gericht habe ich keine Möglichkeit zu beweisen, dass ich gefoltert wurde.

Ich werde zurück in die Zelle gebracht. Nach zwei Tagen holen mich drei Zivilpolizisten ab und erklären mir, dass ich zum Arzt gebracht werde. Ich spüre, dass sie mich nicht zu einem normalen Krankenhaus führen, sondern zum Militärkrankenhaus. Und so ist es. Ich kann nicht gehen. Sie schleppen mich zum Auto. Ich sage: »Ich kann nicht gehen, meine Füße bluten!«

Ich gehe am Boden wie ein Affe, wie ein Bär, auf vier Füßen. Sie ärgern sich über mich, schnappen mich und schleppen mich ins Auto. Auf der Fahrt sind sie plötzlich sehr nett zu mir und versuchen, die Unschuldigen zu spielen. Aber ich erkenne sie an ihren Stimmen. Ich weiß genau, dass diese drei Personen an meinen Verhören und Folterungen beteiligt waren.

Ich tue so, als wüsste ich von nichts. Ich höre zu. Sie versuchen, mich private Dinge zu fragen, ich antworte kaum. Sie machen sich über meinen Bart lustig, dass ich wie Che Guevara aussähe. Ich sage, dass ich keinen Che Guevara kenne. Auf jeden Fall bringen sie mich ins Militärkrankenhaus. Sie schleppen mich, rechts und links an meinen Armen haltend, die Treppen hinauf. Ich werde zu einem Militärarzt gebracht. Er ist Offizier. Er fragt mich: »Was kann ich für sie tun?« Wir mustern einander schweigend. Ich sage: »Sie können nichts für mich tun. Wie sie sehen, kann ich laufen, ich bin selbstständig zu ihnen gekommen. Sie können mich untersuchen, ich bin ein gesunder Mensch.«

Geknüpfte Polster von meiner Mutter.

Er merkt, dass ich ihn verarsche. Wir wissen beide ganz genau, dass es seine Aufgabe als Mediziner wäre, einen Menschen in meinem Zustand zu behandeln. Ich kann weder gehen noch stehen. Er betrachtet meine Finger, mein Gesicht, meine Körperhaltung und fragt, was ich habe. Er wartet keine Antwort ab, beschimpft mich, wirft mich hinaus und sagt, man solle mich wegführen. Meine Begleiter nehmen mich wieder an den Armen und einer von ihnen fragt mich, warum ich mich so verhalten habe.

Ich sage: »Hier geht es um alles, um mein Leben und meine Freiheit! Ich brauche diese Bestätigung vom Militärarzt, dass ich nicht gefoltert wurde, dass ich gesund bin, dass ich gut aussehe! Nehmen sie diese Bestätigung, wir gehen, lassen sie keine Zeit verstreichen!«

Sie bringen mich wieder ins Folterzentrum. Nach ein paar Tagen kommt gegen Mittag der Chef des Folterzentrums. Er ruft mich hinaus. Ich gehe zu ihm. Er sagt: » Wir werden Dich freilassen, aber Du musst versprechen, dass Du keine gerichtlichen Schritte gegen uns unternimmst und keine Aussagen gegen uns machst!«

Ich sage: »Nein, ich werde keine Aussagen machen, ich habe keine Chance. Ich war beim Militärarzt, sie haben jetzt eine Bestätigung, keine Angst! Versprechen sie mir, dass sie mich nicht wieder hierher bringen!«

Er lacht und sagt: »Du bist schlau!« »Ich weiß nicht, ob ich schlau bin oder nicht. Ich habe Angst, dass sie mich wieder hierher bringen. Sie können mich und meine Familie terrorisieren und verhaften. Ich kenne genug Familien, denen dies geschehen ist.«

Er gibt mir meine Sachen zurück. Schuhe, Gürtel und das übriggebliebene Geld, von dem nicht mehr sehr viel da ist. »Du kannst jetzt gehen.« »Nein, ich kann nicht gehen! Bringen sie mich nach Hause!«

»Du Hurensohn, sei froh, dass ich dich freilasse!« Er macht die Tür auf und ruft Xıdır, dass er mich hinaus begleiten soll. Ich habe Angst, ich habe so große Angst!

Ich denke, dass sie mich erschießen, und sagen, auf der Flucht erschossen. Ich sage: »Bitte bringen sie mich heim!« Er sagt: »Das geht nicht!« Ich sage Xıdır, dass ich nicht einmal weiß, wo ich bin. Er empfiehlt mir, nicht so viel zu reden, sondern ganz einfach die Türe aufzumachen und zu verschwinden.

Ich gehe vor die Tür und sehe einen Renault mit drei Polizisten kommen. Sie bleiben stehen. »Wohin willst Du, willst Du flüchten?« »Nein, ich bin jetzt rausgeschmissen worden, bitte können sie mich nach Hause bringen, wo sie mich abgeholt haben?« »Aha, Luxusservice! Geh jetzt, verschwinde, geh weiter!«
Ich bin völlig orientierungslos. Nach zwei Monaten Dunkelheit und elektrischem Licht blendet mich das Licht der Sonne. Meine Augen brennen und tränen. Aber plötzlich, in dem Augenblick, als mich der eine Polizist anstänkert, fühle ich mich gesund. Ich trete mit meinen Füßen fest auf und versuche zu gehen. Auf einmal merke ich die Schmerzen. Meine Schuhe passen nicht. Ich habe die Schuhbänder rausgenommen und meine Füße richtig hineingepresst. Jetzt merke ich den Druck, und ich spüre, dass meine Füße wieder bluten. Ich sinke zu Boden, stehe auf, sinke wieder zu Boden, stehe wieder auf, gehe ein wenig, auf einmal habe ich Kraft genug um zu gehen.
Ich habe Angst. Ich gehe rückwärts. Auf einmal sehe ich vor dem Tor zwei Soldaten. Sie schauen mich an und sagen: »Du bist frei! Wir wünschen dir alles Gute!«.

In die Berge?

Ich konnte es nicht glauben, nach zwei Monaten im Folterzentrum wieder zu Hause zu sein. Meine Schwester erzählte mir, dass unsere Mutter jeden Tag hinausgegangen und verschwunden war. Sie war durch die Strassen, durch den Schnee geirrt und hatte nach mir gesucht. Irgendwann hatte sie dann jemand zurückgebracht, ein Bekannter oder eine Nachbarin.

In der Zeit, in der so viele in meiner Familie gestorben waren, trug ich eine Schutzschrift von einem Heiligen um den Hals. Sie war von Pase Mılî, einem unserer Geistlichen in Altkurdisch, Persisch oder Arabisch geschrieben worden - und ich wusste nicht, was dort stand. Meine Mutter hatte sie mir bei meiner Verhaftung als Schutz in meine Tasche gesteckt. Im Folterzentrum war sie mir weggenommen worden, nur die Hülle fand ich noch.

Ende März ging ich mit meiner Schwester Adile nach Dersim. Ich freute mich schon darauf, im Dorf zu sein! Ich hatte mich in Elazıg körperlich schon ein wenig erholt. Aber in mir kochte Wut, der Wunsch nach Rache! Ich spielte mit dem Gedanken, in den Widerstand zu gehen und mich dem bewaffneten Kampf anzuschließen. Ich wollte in die Berge, um die demokratischen Kräfte zu unterstützen. Ich hatte verstanden, dass man uns alle vernichten wollte, egal ob links, kurdisch oder regierungskritisch. Der Militärputsch hatte die Entwicklung des ursprünglich gewaltfreien Widerstands in eine Richtung gedrängt, in der entschieden andere Methoden notwendig schienen.

Schon bald nach meiner Ankunft im Dorf meiner Tante knüpfte ich Kontakte. Es gab eine Gruppe von KämpferInnen im Nachbardorf, und ich wollte bald zu ihnen stossen.

Die Situation war dort nicht besser als bei uns. Dauernd gab es Auseinandersetzungen zwischen dem Militär und den Guerillagruppen. Einige Leute wurden gefangen genommen und erschossen. Es gab die TKP/ML -Partei, und es gab die Arbeiterpartei Kurdistan, die PKK. Wegen der militärischen Auseinandersetzungen hatten sich alle Gruppen zurückgezogen, aber ich hatte eine Nachricht geschickt, dass ich mich bald mit ihnen treffen wollte.

Ich glaube, meine Mutter spürte das. Sie träumte, dass ich vorhätte in die Berge zu gehen. Daher war sie ins Dorf gekommen, von Elazıg nach Dersim. Ich war zur Heilung bei meiner Tante und wurde von ihr mit Butter, Honig und Milch verwöhnt. Meine Mutter erzählte mir von ihrem Traum und bat mich, nicht in die Berge zu gehen, gut zu überlegen, abzuwarten und einen anderen Weg zu suchen.

Eigentlich war bewaffneter Widerstand für mich nicht wirklich eine Möglichkeit. Er lag auch nicht in der Tradition meiner Familie. In Dersim war Gewalt nicht üblich, wir sind nicht mit Waffen geboren worden, und für uns war das friedliche Leben sehr wichtig! Bei Diskussionen im Familienverband und im Freundeskreis war Gewalt nie die Richtung, die wir einschlagen wollten. Die Menschen, die im Folterzentrum Aussagen gemacht hatten, habe ich nie als Verräter gesehen. Auch diese Menschen sind Opfer. Rache kann keine Möglichkeit sein.

Aber die Gewalt, die uns entgegengebracht wurde, war auf Vernichtung ausgerichtet. Irgendwann ist dann der Punkt erreicht, an dem man sein blankes Leben schützen muss. Diese Gedanken haben mich in die Berge gezogen. Die Berge boten Schutz und Rückzugsmöglichkeit.

Meine Mutter wollte das nicht. Sie setzte ihre ganze Kraft dafür ein, dass ich nicht gehe. Dies hätte bewaffneten Kampf bedeutet, ich wäre zu einem Gewalttäter geworden, so wie unsere Gegner. Sterben oder Gewalt anwenden, ein harter Kampf im Inneren, eine Entscheidung für das Leben oder für den Tod, so oder so. Meine Mutter spürte das und brachte mich davon ab.

Der Heilige Baum bei Berg Munsır, Jiar

Den Marschbefehl in der Tasche

Nach den Gesprächen mit meiner Mutter und meiner Schwester hatte ich endgültig beschlossen, nicht in die Berge zu gehen. Da ich nach Elazıg zurückkehren wollte, musste ich in Ovacik meine Personaldokumente erneuern lassen. Dort, in dieser Stadt, wurde ich verhaftet und achtundzwanzig Stunden lang in eine Zelle im Militärgebäude gesteckt.

Sie versuchten herauszufinden, warum ich noch nicht beim Militär gedient hatte. Ich blieb höflich und erklärte, dass ich ja deswegen in die Stadt gekommen war, um dieser Pflicht nachzukommen. Endlich brachten sie mich in Handschellen zur Musterungsstelle. Der Offizier fand das allerdings gar nicht gut und befahl, mir sofort die Fesseln abzunehmen. So konnte ich noch einmal erklären, dass ich freiwillig gekommen war, um mich zum Militärdienst zu melden.

Er entschuldigte sich, bereitete meine Akten vor und gab mir die Order, mich innerhalb von acht Tagen in Edirne (Thrakien), dem früheren Adrianopolis, in der Kaserne zu melden.

Mit diesem Marschbefehl in der Tasche begab ich mich zu einer mir bekannten Familie in Ovacik, um dort zu übernachten. Sie waren sehr betroffen darüber, dass ich eingesperrt gewesen war und fanden dies eine Schande für Ovacik. Ich beruhigte sie und meinte, es sei vielleicht irgendwie mein Schicksal.

Ich reiste zurück nach Elazıg. Dort verabschiedete ich mich von allen Verwandten, FreundInnen und Bekannten. Meine Mutter weinte und wir umarmten einander. Und dann nahm ich in den Bus nach Istanbul.

Istanbul war riesig für mich: Ich war das erste Mal in einer Metropole! Es war eine laute Stadt mit vielen rennenden Menschen. Aber es gab keine Panzer auf den Strassen, keine patrouillierenden Soldaten, keine Armeefahrzeuge, keine Durchsuchungen an jeder Ecke!

Ich fuhr mit dem Bus zu meinem Onkel nach Silahtar. Seine Familie freute sich sehr, sie hatten mich jahrelang nicht mehr gesehen, nur von mir gehört, über die Zeit in Izmir, im Gefängnis und im Folterzentrum. Sie erzählten mir viel über den Militärdienst, dass auch viele Kurden beim Militär seien, die aus Willkür der Behörden verhaftet und dann eingezogen worden waren. Dann fuhr ich nach Edirne und meldete mich in der Kaserne. Der achte Mai 1982 war mein erster Tag in Uniform. Die Uniform habe ich gehasst. Ich habe mein ganzes Leben lang Uniformen abgelehnt, und meine vielen negativen Erlebnisse mit Uniformträgern haben diese Ablehnung nicht gerade abgeschwächt. Was mir auch sehr zu schaffen machte, waren meine Füße. Sie waren durch das Reisen in Mitleidenschaft gezogen worden, obwohl die Krusten schon abgeheilt gewesen waren. Aber jetzt waren die Beine stark geschwollen. Ich konnte die Stiefel nicht gut anziehen, und das Gehen und Marschieren verschlechterte den Zustand. In der Kaserne traf ich viele Kurden. Sie kamen aus Diyarbakır, Malatya, Dersim und anderen Städten in kurdischem Gebiet. Es war wunderbar, mit ihnen allen zusammen zu sein.

Nun, ich hatte trotz meiner Verletzungen die erste Hälfte der Grundausbildung hinter mich gebracht. Ab sechs Uhr in der Früh machten wir Fußmärsche, liefen, betrieben sportliche Ertüchtigung und militärische Ausbildung. Aber nach drei, vier Tagen konnte ich nicht einmal mehr die Stiefel anziehen, so geschwollen waren meine Füße.

Ich hatte schon vom Militärarzt gehört, der alle, die sich krank melden wollten, beschimpft und zurückgeschickt hatte. Also traute ich mich nicht, zu diesem Revierarzt zu gehen. Ich versuchte, mit meinem Vorgesetzten, einem jungen Mann aus der Schwarzmeergegend, zu reden.

Ich zeigte ihm meine Füße, erzählte aber nichts über die Folter, sondern erfand eine Geschichte, dass meine Füße in ungelöschten Kalk geraten waren. Ich erklärte ihm auch, warum ich nicht zum Arzt wollte, um mich krankschreiben zu lassen.

So erreichte ich, dass er dem Unteroffizier meine Geschichte weiterleitete. Dann wurde von ihm angeordnet, dass ich untertags ein paar Pausen machen und die Beine hochlagern könne. Ab und zu erhielt ich auch ein paar Stunden frei, um meine Beine zu pflegen. Nur den Kurden erzählte ich meine wahre Geschichte.

Nach einem Monat kam ein General, der suchte freiwillige Maturanten für den Nachrichtendienst. Ich redete mit ein paar Freunden, und wir meldeten uns gemeinsam. Er fragte mich, warum ich das machen wollte. Ich argumentierte, dass ich im Nachrichtendienst viel lernen könne, auch für mein späteres Berufsleben nach dem Militär, etwa bei der Post. So nahm er mich und mit mir dreizehn der zwanzig

Personen, die sich gemeldet hatten. Wir packten unsere Sachen und gaben unsere Waffen ab. Dann wurden wir abgeholt.

Dort, beim Nachrichtendienst, gab es keine Grundausbildung, aber wir bekamen zu meiner Verwunderung Waffen. Auch in dieser Kaserne waren viele Kurden. Nach und nach schlossen wir viele Freundschaften. Auch mit Lasen, Türken aus Istanbul und Ankara, Izmit, Kocaeli und Bursa.

Ich meldete mich auch zum Volleyballspielen an, wo viele Offiziere dabei waren. So konnte ich den Vorträgen über Atatürk und die Verfassung und all dem, was nach dem Essen vorgetragen wurde, entkommen. Meinen Beinen und Füßen tat diese Art der Bewegung gut, und meine ganze körperliche Verfassung verbesserte sich langsam wieder. Ich lernte auch die Offiziere kennen und jener, der meine Abteilung führte, war ziemlich nett zu mir. Er bot mir an, dass ich jederzeit zu ihm kommen könne, wenn ich Hilfe bräuchte. Ich wusste natürlich, dass irgendwann meine Akten kommen und Schwierigkeiten wohl nicht ausbleiben würden. Aber ich konnte mir nicht immer Sorgen machen und schob diese Gedanken von mir.

Irgendwann, nach fast einem Jahr, ich hatte gerade Nachtwache, wurde ich von einem Offizier und einem Soldaten zum General geholt. Er empfing mich in Zivil und war ziemlich ungezwungen. Er bot mir einen Sessel an und bat mich zu erzählen.

Wir unterhielten uns zwei Stunden lang, er wollte alles wissen. Er war ziemlich beeindruckt von meinen Akten, von dem Gefängnisaufstand, vom Widerstand, den wir 220 Gefangene geleistet hatten. Und er wollte mehr über meine politische Gesinnung erfahren, welche politische Arbeit ich mache.

Ich versuchte ihm zu erklären, dass ich weder Mitglied einer politischen Partei, noch Mitglied einer Untergrundgruppierung sei, sondern ein demokratischer Mensch, überzeugt von sozialistischen Ideen. Er glaubte mir und sagte, wenn ich ehrlich zu ihm sei, würde er offen zu mir sein und nichts, das er in unseren Gesprächen erfahren habe, weitererzählen.

Er sagte mir auch, dass er sich bereits über mich erkundigt und dabei erfahren hatte, dass ich ein tüchtiger Soldat sei, einen guten Charakter und keine Auseinandersetzungen in der Kaserne hätte, auch bei den Offizieren beliebt sei und mich alle mögen. Und dass es niemand glauben könne, dass ich aus politischen Gründen im Gefängnis gewesen war. Abschließend fügte er noch hinzu, dass er mich vor dem Militärgericht verteidigen könne, falls es notwendig sein sollte. Denn damals waren Rechtsanwälte von außerhalb nicht zugelassen, es musste ein Offizier als Verteidiger auftreten. Ich bedankte mich und wir verabschiedeten uns voneinander.

Alle Soldaten waren sehr neugierig, was ich so lange beim General gemacht hatte. Ich erzählte ihnen, er habe Bekannte von mir kennengelernt und wollte ein persönliches Gespräch mit mir führen.

Sie sagten: »Ah, du hast Bekannte, du kennst Persönlichkeiten in höherer Position!« Einige von ihnen, vor allem Offiziere, waren daraufhin mir gegenüber ein wenig misstrauisch. Beim Volleyballspielen hörte ich auch gegen mich gerichtete gehässige Stimmen. So mancher Unteroffizier versuchte, mich schlecht zu machen und etwas gegen mich zu finden.

Es gab natürlich auch einen rechten Flügel im Militär, und man wusste dort von meiner politischen Vergangenheit. Es war ihnen bekannt, dass ich ein politischer Mensch war, sie kannten meine Akten und wussten, dass ich Kurde bin. Aber zum Glück waren die beiden Offiziere in meiner Abteilung auf meiner Seite, und es bestand gegenseitiger Respekt. Dadurch konnte ich diese Zeit durchstehen und ich versuchte gehässige Bemerkungen einfach zu überhören.

Es gab einige Auseinandersetzungen mit einem Offizier, der einen jungen Soldaten während einer Tagesausbildung niedergeschlagen hatte. Ich warf ihm einen scharfen Blick zu, damit er merken sollte, dass ich damit nicht einverstanden war, denn es war eine völlig grund- und sinnlose Aktion. Da stand er plötzlich vor mir und fragte: »Warum schaust du so?«

Als ich daraufhin nichts erwiderte, begann er, auf mich einzuschlagen und mich zu treten. Ich ging aber nicht zu Boden. Das machte ihn noch wütender. Er bestrafte unsere ganze Gruppe, und wir mussten den ganzen Tag in der Sonne stehen. Aber das war das einzige Mal, dass so etwas vorkam. Dieser Offizier wurde einen Monat vor Ende meiner Militärzeit versetzt. Danach kam ein anderer Offizier aus Diyarbakır, der gleich alle freundlich begrüßte.

In jedem Bataillon gab es jemanden, der für den Oberoffizier arbeitete. Das war ein Bursche, der ihm Tee brachte, und der servierte, wenn Gäste kamen. Bei uns war das Cemal, ein ziemlich junger Soldat aus Dersim. Dieser Cemal war vorher in einer anderen Kaserne gewesen und von dort geflüchtet, weil er zu seinem kranken Vater wollte. Dafür wurde er mit Verlängerung seiner Militärzeit bestraft.

Und so kam er zu uns, in unsere Kaserne, und der neue Oberoffizier übernahm ihn als Burschen in seine Dienste. Nachdem dieser seine Geschichte gehört hatte, gab er Cemal zehn Tage Urlaub, doch er sollte einen Ersatz für ihn in der Truppe finden.

So fragte Cemal mich, ob ich ihn als Offiziersbursche vertreten würde. Ich willigte ein und trat den Dienst an. Nach der ersten Woche kam unser zweiter Offizier aus dem Urlaub zurück, sah mich als Offiziersburschen bei seinem Kollegen arbeiten und war offensichtlich ziemlich verwirrt darüber. Bald darauf rief mich mein neuer Arbeitgeber zu sich. Er sagte: »AliRıza, mein Kollege hat mir von dir erzählt, dass du ein gefährlicher Soldat bist. Er war erstaunt, dass du diese Arbeit hier machst! Woher kommst du? Bist du Kurde?«

Ich sagte: »Ja, aus Dersim. Ich bin Kurde, meine Muttersprache ist Kurdisch.« Er hatte das sowieso schon vorher gewusst. Er sagte: »AliRıza, du brauchst keine Angst zu haben, auch ich bin Kurde, aus Meleti!«

Ich sagte: »Ich habe gewusst, dass sie auch ein Kurde sind.« Er war sehr freundlich zu mir und fragte mich nach meiner Geschichte, denn er hatte die Akten noch nicht gelesen. Und so erzählte ich ihm, dass ich aus politischen Gründen im Gefängnis gewesen war.

Er sagte: »Gut, mich interessiert das nicht! Dein Verhalten gefällt mir, ich habe Vertrauen zu dir.« So konnte ich diese Arbeit weitermachen, bis Cemal wieder zurückkehrte.

Ich beendete meinen Militärdienst nach zwanzig Monaten. Nach ein paar Tagen bei meinen Verwandten in Istanbul fuhr ich heim nach Elazığ zur meiner Mutter.

Mein Sohn, du hast Glück gehabt...

Meine Mutter freute sich sehr über meine Rückkehr nach Elazıg und mit ihr auch meine Schwestern und mein Bruder. Elazıg war eine tote Stadt geworden. Noch weniger Jugendliche, noch weniger Leute auf den Strassen, noch mehr Verhaftete. Aber es gab auch gute Nachrichten - von meiner Schwester Altun, die schon in Österreich lebte. Sie würde in diesem Jahr, 1984, zu Besuch kommen. Nach langer Zeit konnten wir es genießen, wieder als Familie zusammenzusein.

Ich war erst ein paar Tage in Elazıg und übernachtete, da es spät geworden war, bei einem Freund. In meiner Abwesenheit kamen Soldaten und durchsuchten das Haus meiner Familie. Sie fragten meine Mutter nach mir. Ich kam erst morgens, als es hell wurde, nach Hause zurück. Meine Mutter weinte und sagte: »Mein Sohn, du hast Glück gehabt!«

Nach einigen Tagen fuhr ich gemeinsam mit meiner Schwägerin Sherifa mit dem Bus nach Istanbul. Meine Mutter begleitete uns zum Busbahnhof im Bezirk Yildizbaglari. Meine Schwägerin und ich fuhren ab, und meine Mutter blieb zurück.

Die Frauen sammelten sich um sie und fragten: »Wer ist gefahren?« Meine Mutter erwiderte: »AliRıza und seine Schwägerin sind nach Istanbul gefahren.« Die Frauen erzählten ihr: »Vor zwei Tagen waren Polizisten hier und haben nach AliRıza gefragt!« Warum hast du ihn wegfahren lassen? Hoffentlich wird er nicht bei einer Kontrolle im Bus verhaftet!« Da fiel meine Mutter vor Angst in Ohnmacht.

Meine Cousine Yeter und einige Frauen halfen ihr und brachten sie nach Hause zu Yeter. Dort blieb sie einen Tag, um sich zu erholen. Dann stand sie auf und sprach nichts mehr. Yeter rief meine Schwester Adile an und informierte sie, dass es unserer Mutter nicht gut ging.

Adile brachte sie ins Krankenhaus. Es wurden einige Untersuchungen gemacht. Der behandelnde Arzt erklärte meiner Schwester, dass keine Krankheiten gefunden worden waren und fragte nach der familiären Situation unserer Mutter. Adile traute sich nicht, die Geschichte zu erzählen. Erst drei Tage später, bei der Kontrolle, zu der sie bestellt worden waren, berichtete sie von meiner Abreise und der Ohnmacht. Der Arzt sagte dann, das sei psychisch, wegen der Angst um mich. Er sagte auch, Adile solle sich nicht so viele Gedanken machen, Mutter werde schon wieder zu sprechen anfangen. Sie sollten sie einfach reden und weinen lassen, wenn sie das täte, würde sie wieder normal reden.

Nach einigen Tagen zu Hause begann meine Mutter plötzlich zu schreien und zu weinen und hörte nicht mehr auf. Meine Schwester ließ es zu, störte sie nicht, hielt nur ihre Hand und streichelte sie, und meine Mutter weinte und weinte. Und als sie zu weinen aufgehört hatte, begann sie wieder zu sprechen.

In Istanbul erreichte mich im Folgejahr einmal der Anruf meiner Mutter aus Elazıg, es würde einen Prozess gegen mich geben. Es war dies die Geschichte mit der Schussverletzung meiner Schwester Adile. Der Akt ging zwischen Militär- und Zivilgericht hin und her. Man hatte Einspruch gegen den Freispruch aus dem Jahr 1978 erhoben.

Zu dieser Zeit war gerade meine Schwester Altun, die in Österreich lebte, in Istanbul zu Besuch. Wir machten uns gemeinsam mit meinen Nichten Arzu und Özlem und dem kleinen Erol mit dem Auto meines Schwagers auf den Weg nach Elazıg.

Endlich kamen wir daheim an! Wir wurden schon sehnsüchtig erwartet, denn wir hatten unterwegs einen Unfall gehabt. Unsere Familie war darüber sehr beunruhigt gewesen. Aber jetzt waren endlich alle beisammen! Meine Mutter, meine Schwestern und mein Bruder, meine Nichten, Neffen, Tanten und Onkel.

Als wir im neuen Haus meines Bruders ankamen, war es voll von Menschen. Für meine Mutter war es wunderschön, alle Kinder beisammen zu haben, auch meine Schwester aus Österreich und die Enkelkinder, die sie zum ersten Mal sah. Es herrschte große Feststimmung bei uns allen. Wir umarmten einander, unterhielten uns, tauschten unsere erlebten Geschichten aus und genossen es, zusammen zu sein und unser Wiedersehen gemeinsam zu feiern!

Meine Schwester Altun hatte mich überredet, so bald wie möglich mit ihr nach Österreich zu gehen. Den Prozesstermin hatte ich wegen des Autounfalls versäumt, und so erhielt ich wegen des nicht abgeschlossenen Prozesses keinen Reisepass. Darauf hin beschlossen wir, dass unsere Schwester Adile mit nach Österreich fahren solle.

Adile war ja auch verhaftet und gefoltert worden, und es war wichtig, sie in Sicherheit zu bringen. Mit ihrem Reisepass gab es keine Schwierigkeiten, und sie konnte mit Altun und deren Familie mit dem

Auto die Reise nach Österreich antreten. Ich fuhr mit meinen beiden Schwestern und den Kindern bis Istanbul mit.

Einige Zeit später wurde die Hochzeit meiner jüngsten Schwester Xatun gefeiert. Leider konnte ich nicht teilnehmen, da ich keinen Urlaub von meiner Arbeitsstelle, einer Elektrofirma, erhielt. Aber mein Bruder Mehmet und die übrige Familie waren dort. Nachher erfuhr ich, dass meine Mutter sehr traurig geworden war. Sie hatte schwer damit zu kämpfen, dass jetzt alle ihre Kinder weg waren. Zuerst Adile, und jetzt auch noch Xatun, die Jüngste, die nach Antep geheiratet hatte. Mutter trauerte, und das machte sie krank.

Nach ein paar Wochen konnte ich mir frei nehmen und fuhr zu ihr. Ich sah, dass es ihr nicht gut ging und blieb ein paar Tage bei ihr. Sie wollte nicht sprechen und verweigerte das Essen. Nur als ich bei ihr war, nahm sie ein bisschen Suppe zu sich.

Ich versprach ihr, dass Xatun kommen und bei ihr bleiben würde. Aber das ging leider nicht, denn sie war gerade erst als neue Braut zu ihrer Schwiegerfamilie gezogen, und die Schwiegermutter ließ sie nicht gehen.

Ich musste aber wieder zu meiner Arbeit nach Istanbul zurückkehren. Von dort telefonierte ich mit meiner Mutter. Ich sagte ihr, dass Xatun und ich jeden Monat ein paar Tage zu ihr kommen würden. Sie freute sich, meine Stimme zu hören und sprach mit mir. So ging es, und bald war das Jahr 1984 vorbei. Adile und Altun waren in Österreich, Xatun in Antep, ich arbeitete in Istanbul und fuhr jeden Monat nach Elazıg, um meine Mutter zu besuchen.

Istanbul, die Metropole

Nach dem Abschluss meiner Militärzeit kam ich Anfang 1984 wieder nach Istanbul zurück. Hier lebte ich bis zu meiner Ausreise nach Österreich. Immer wieder fuhr ich nach Elazıg, meistens mit dem Bus. Das war eine ziemlich weite Reise. Es zog mich nach Hause zur Mutter und in die vertraute Umgebung. Aber nichts war mehr so wie früher! Die Umklammerung durch das Militär hatte die vorher unbeschwerte Atmosphäre der Stadt beendet. Elazıg war mir ans Herz gewachsen - mit dem alten Stadtkern Xarpet, dem Markt und den vielen Bekannten, mit denen ich einen Großteil meiner Kindheit und Jugend verbracht hatte. Ich hatte dort fast alle Menschen gekannt, und meine Erinnerungen an diesen Ort und diese Zeit werden stets bei mir bleiben.

In Istanbul traf ich mich oft mit Hussein, einem Freund meines Cousins Müslüm. Beide hatten das Lehramt gemacht. Hussein und ich besuchten Müslüm oft gemeinsam beim Militär. Es gab einen großen Besuchsraum, zum Teil im Freien. Dort trafen wir einander und tauschten uns aus.

Mein Cousin hatte in Kurdistan unterrichtet. Auch er war verhaftet und im selben Folterzentrum, in dem ich gewesen war, gefoltert worden. Sie hatten ihm gesagt, sie würden dasselbe mit ihm machen wie mit mir, ihn halbieren, damit er sich das ganze Leben an sie erinnere.

Ich fragte Müslüm, ob er auch Narben auf den Fußsohlen habe, und er zeigte sie mir. Es waren die gleichen Narben, wie ich sie hatte! Wir tauschten uns über unsere Erfahrungen im Folterzentrum aus und machten uns über diese Zeit lustig.

Damals hatte ich Arbeit in einem Elektrogeschäft gefunden. Ich versuchte, dort einen Beruf zu erlernen. Der Geschäftsführer war aus Dersim, und der Besitzer war ein ehemaliger Lehrer aus Dersim, der sein Lehramt aufgegeben und sich selbständig gemacht hatte. Wir stellten Adapter für Radios und Walkmans her, und wir machten elektrische Türklingeln. Ich lernte viel und gerne, die Arbeit machte Spaß.

Der Durchschnittslohn in Istanbul betrug damals ca. 15.000 Lira, und ich verdiente immerhin 16.000. Bekannte machten sich über diesen geringen Verdienst lustig, aber mir reichte er, ich war damit zufrieden. Ich wohnte bei der Familie meines Cousins Suleman. Ich teilte mein Zimmer mit meinem Cousin und dem Bruder meiner Schwägerin.

Das Leben in Istanbul war schön, aber auch hart. Ich war nicht offiziell gemeldet, schaffte es aber trotzdem, von 1983 bis 1985 dort zu leben, ohne verhaftet zu werden. Das hat mich nachher selbst gewundert. Ich war allerdings sehr vorsichtig, nicht viel unterwegs, nicht in den Cafés und immer auf der Hut vor Patrouillen und Straßenkontrollen.

Vorsichtig bin ich auch morgens in die Arbeit gegangen und abends wieder zurück. Mit Freunden habe ich mich telefonisch verabredet und meistens privat getroffen. Für mich war es schön, wieder in einem

Meine Schwägerin Sherifa

Familienverband zu leben. Suleman war ein Cousin väterlicherseits, den ich erst jetzt in dieser Istanbuler Zeit gut kennen lernte. Auch Sulemans Vater, der Bruder meines Vaters, war mit seiner Familie zu dieser Zeit in Istanbul.

In der Metropole, die mir immer als Exil erschien und nie zur Heimat wurde, genoss ich trotzdem das Leben. Ich lernte sehr viele Menschen kennen - LasInnen, TscherkessInnen, ArmenierInnen, Jüdinnen und Juden. Auch war ich in den Slums, den Gecekondus. Man kann sie aber nicht mit denen in Lateinamerika vergleichen, da hier die Häuser aus Lehm sind und Flachdächer haben.

Es lebten viele Kurden in diesen »über Nacht gebauten« Häusern, lauter arme Leute. Reiche Leute lernte ich nie kennen. In den armen Arbeiterbezirken war das Leben aber auch ganz schön. Menschen mit vielerlei Hintergründen lebten da zusammen, auch KurdInnnen, die schon vor vielen Jahren gekommen waren, so wie mein Cousin.

Man konnte in Istanbul auch sehen, wie groß die Unterschiede zwischen reich und arm sein können. So kannten wir das in Elazıg nicht. In Istanbul ging man von Bezirk zu Bezirk, und in den reichen Gegenden sah man viele Autos, privaten Reichtum, Leibwächter und kaum Polizei. In den ärmeren Bezirken hingegen gab es viele Razzien und Hausdurchsuchungen.

Wir wohnten an einer Ecke, wo hauptsächlich sunnitische Türken lebten, und blieben so von Durchsuchungen weitgehend verschont. Ich wurde nur einmal angehalten. Da ich gut gekleidet war und ein sehr schönes Türkisch sprach, gab es keine Probleme. Dennoch war der Druck immer da - diese Angst, verhaftet zu werden. Ich hatte ja keinen Meldezettel, lebte eigentlich in der Illegalität.

Nebenbei versuchte ich auch politische Kontakte mit kurdischen Freunden zu pflegen. Einen Freund, ich hatte ihn beim Militär kennen gelernt, besuchte ich jede Woche. Wenn er frei hatte, kam er zu mir. Wir sprachen über die politischen Verhältnisse, über die revolutionären und demokratischen Kräfte und darüber, ob es eventuell eine gemeinsame Front geben könnte.

Wir hörten auch, dass sich eine Gruppe von bewaffneten WiderstandskämpferInnen in den Bergen befand, aber dass nicht mehr so viele Kämpfe stattfanden. Wir sprachen auch über die Lage in Istanbul.

Viele Menschen hatten Angst, der psychische Druck war sehr groß. Es gab Hausdurchsuchungen und Verhaftungen. Zum Glück haben wir in dem Viertel, in dem wir wohnten, kaum so etwas erlebt. Es gab auch nicht so viele Straßenkontrollen.

Ich diskutierte viel mit meiner Schwägerin Sherifa. Ich hatte sie aus Elazıg nach Istanbul begleitet, sie war sehr krank, hatte Krebs. Sie war für mich Genossin, Lehrerin, Schwester und eine sehr enge Freundin. Wir sprachen über die Revolution, die Zukunft und den Sozialismus. Wir hatten viele Träume. Wir verfluchten die Folterer und sagten, dass wir uns einmal mit ihnen auseinandersetzen würden.

Wir diskutierten auch ziemlich viel darüber, ob sie das gleiche durchmachen sollten wie wir, ob sie am Leben bleiben sollten. Ich war immer der Meinung, dass wir nicht dieselben Methoden anwenden sollten wie sie.

Sherifa hatte Magenkrebs, sie musste operiert werden. Bestrahlungen gab es damals nicht. Für die Operation brauchte sie Blutkonserven. Zum Glück hatte ich dieselbe Blutgruppe und konnte für sie Blut spenden.

Ich hatte am Anfang meiner Zeit in Istanbul oft kein Geld, nicht einmal für den Bus. So ging ich zu Fuß zum Krankenhaus, spendete Blut und ging zu Fuß wieder nach Hause. Damals wohnte ich bei meinem Onkel. Dort wurde ich auf der Couch ohnmächtig. Ich hatte auch bis dahin nichts gegessen und war sehr schwach. Meine Verwandten sahen den Verband am Arm und gaben mir zu essen. Ich erholte mich ein wenig. Am nächsten Tag ging ich wieder ins Krankenhaus zu Sherifa und blieb lange bei ihr.

Sherifa starb noch vor meiner Mutter, im März 1985. Sie rief mich zu sich, als es ihr schon sehr schlecht ging. Ich war in der Arbeit, aber sie wollte mich unbedingt bei sich haben. Sie war bei ihrem Bruder in Istanbul. Ihre Mutter, ihre Schwester, mein Cousin Müslüm und ihr Sohn waren bei ihr.

Wir sahen, dass es ihr nicht gut ging, dass sie den Tod schon in sich spürte. Sie ließ mich nicht weg. Seit ich vom Militär gekommen war, sie im Spital besucht und ihr Blut gespendet hatte, war unsere Beziehung stärker geworden. An diesem Tag erzählte ich ihr noch viel. Auch von meinen Schwestern, die in Österreich lebten und wollten, dass ich zu ihnen käme.

Sherifa unterstützte das. Sie sagte: »Wenn du gehen kannst, geh! In unserem Land wird nichts weitergehen, es gibt keine Hoffnung hier. Entweder müssen wir alle in die Berge, oder wir müssen das Land verlassen!« An jenem Abend hatte sie viele Schmerzmittel bekommen, aber trotzdem redeten wir.

Sie sagte, wenn ich nach Österreich ginge, sollte ich ihrem Sohn helfen zu studieren, so er vorher die Matura geschafft habe. Das versprach ich ihr. Falls ich soweit käme, würde ich ihm alle Möglichkeiten bieten und ihm helfen, so weit ich konnte.

In dieser Nacht blieben wir alle dort, wir schliefen nicht und kümmerten uns abwechselnd um sie. Ich saß neben ihr, und sie wollte nicht, dass ich ging. Die anderen waren auch alle rundherum. Irgendwann sagte ich: »Sherifa, ich muss kurz hinaus!« Sie lächelte und sagte: »Geh!« »Kann ich wirklich gehen, bis jetzt hast du mich nicht gelassen!« Sie lächelte wieder, und ich ging hinaus.

Draußen hörte ich plötzlich die anderen weinen. Als ich wieder zurückkam, sah ich, dass Sherifas Augen sich schnell hin und her bewegten, dann starb sie. Ich hatte eine Schwester verloren.

Im April 1985 heiratete meine Schwester Adile. Sie schickte mir Fotos und ein bisschen Geld nach Istanbul, damit ich zu unserer Mutter fahren und ihr die Bilder bringen könnte. Als ich mit meiner Mutter am Telefon sprach, merkte ich schon, dass es ihr nicht gut ging. Und als ich in Elazığ ankam, war wieder der Zustand eingetreten, dass sie nicht sprechen und nichts mehr essen wollte.

Ich hatte nicht mehr viel Hoffnung und brachte sie zum Arzt. Es war medizinisch nichts festzustellen. Ich erzählte, dass meine Mutter seit Monaten nichts mehr zu sich genommen hatte, außer ein wenig Flüssigkeit. Ich konnte ihr zwar, als ich bei ihr war, etwas Suppe einflößen, aber schließlich kaufte ich Infusionen und wir hängten sie zu Hause an.

Eines Tages ging ich einen meiner Freunde besuchen und kam erst spät nach Hause. Er hätte gerne gehabt, dass ich wegen der Straßenpatrouillen bei ihm zu Hause übernachtete. Aber ich wollte heim zur Mutter. Ich wusste, wie ich die Kontrollen umgehen konnte. Schließlich kam ich gegen Mitternacht daheim an.

Plötzlich sprang meine Mutter aus dem Bett und begann, im Zimmer hin und her zu gehen. Sie versuchte, ihren Schalwar, ihrer Hose, zu verstecken, weil sie glaubte, dass sie damit bei einer Demonstration gesehen worden war. Sie redete mit sich, schimpfte gegen die Polizei, gegen das Militär, die alle ihre Kinder verhaftet hätten, alle jungen Menschen, alle Söhne und Töchter.

Ich dachte an das Gespräch mit dem Arzt und ließ sie reden. Sie redete von Kontrollen und Durchsuchungen, sie verfluchte die Folter und die ganze Politik. Sie fragte sich, was man von den jungen Menschen wollte, die sich nur mehr Rechte und mehr Demokratie wünschten. Lange ging das so, wohl eine halbe Stunde. Ich versuchte mit meiner Mutter zu sprechen und nahm sie in die Arme. Dann hörte sie auf und wurde still. Im Nachhinein dachte ich mir, ob ich sie nicht lieber hätte weitersprechen lassen sollen.

Am nächsten Tag konnte sich meine Mutter nicht mehr an die Nacht erinnern. Alles war wieder beim Alten. Ich reiste zu Xatun, die in der Zwischenzeit ein Kind erwartete, und bat sie eindringlich, unsere Mutter zu besuchen. Ich fuhr weiter nach Istanbul, wollte Sachen von Altun und noch einiges anderes holen und wiederkommen. Es war fast Ende Mai, als ich in Istanbul ankam. Mein Arbeitgeber brauchte mich dringend.

Am einunddreißigsten Mai kehrte ich von einem Geschäftsweg in die Firma zurück. In meiner Abwesenheit war ein Anruf von Emir, einem Freund aus Elazıg gekommen. Wir trafen uns dann, und er sagte mir, dass meine Mutter gestorben war. Ich konnte kein Wort sprechen, mir kamen die Tränen, und ich stürzte zu Boden. Die Freunde versuchten mich zu beruhigen, hoben mich auf, trugen mich in ein Hinterzimmer und legten mich auf eine Couch.

Später brachten sie mich zu meinem Cousin. Ich reservierte ein Busticket und fuhr am selben Abend los. Am nächsten Tag kam ich in Elazıg an.

In unserer Wohnung waren viele Leute, und ich hörte, dass meine Mutter bereits begraben war. Ich weinte mit meiner Schwester Gule. Ich ging zum Friedhof und blieb beim frischen Grab meiner Mutter. Nachdem es dunkel geworden war und die letzten Strahlen der Abendsonne verschwunden waren, ging ich zu meiner Schwester Gule. Sie war ganz durcheinander. Seit zwei Tagen hatte sie sich nicht mehr gekämmt und litt sehr unter dem Tod unserer Mutter. Wir umarmten einander und weinten gemeinsam.

Nach einer Woche in Elazıg fuhr ich wieder nach Istanbul zurück. In 40 Tagen würde ich wiederkommen, an diesem Tag wird traditionell noch einmal gemeinsam getrauert.

Istanbul war für mich ein Exil, obwohl viele Menschen da waren, die ich kannte und mochte. Meine Cousins, meine Bekannten, meine

Blick von der Burg Xarpet auf die Stadt Elazıg. 2006 Spurensuche mit meiner Familie.

Freunde und Freundinnen. Trotzdem fühlte ich mich in der Großstadt nie richtig wohl. Ich fühlte mich in Elazıg besser, wo ich mit meiner Familie und den Menschen Kurdisch sprechen konnte. Und nachdem Sherifa und dann auch noch meine Mutter gestorben waren, gab es noch weniger Gründe für mich dort zu bleiben.

Das Angebot meiner Schwestern, nach Österreich zu kommen, nahm sich vor diesem Hintergrund nun besser aus. Obwohl ich es immer abgelehnt hatte weg zu gehen, dachte ich nun ernsthaft darüber nach.

Meine Schwestern hatten in Wien schon alles vorbereitet, Einladung und Ticket. Ich bereitete mich auf die Abreise vor - auf ein neues Leben, ein Leben in Europa. Ich musste Abschied nehmen, um in ein

weiteres Exil zu gehen und dort zu leben. Ich kämpfte gegen meine Gefühle. Ich überlegte lange. Eigentlich hatte ich nie vorgehabt, meine Heimat zu verlassen. Immer war die Hoffnung da gewesen, dass mein Land mich braucht, ich hatte immer gedacht etwas verändern zu können, hatte gedacht, dass ich etwas tun kann für Freiheit, Menschenrechte, Demokratie und Sozialismus. Und ich hatte immer gedacht, dass Weggehen keine Lösung sein kann.
Aber irgendwie zwang mich die Lage, in der ich war, mich zu entscheiden. Entweder würde ich zur Waffe greifen und in die Berge gehen, oder ich musste mit dem Regime zusammenarbeiten, zur Unterdrückung beitragen und mitmachen. Ich wollte aber weder das eine noch das andere. Und ich sah, dass ich mich vielleicht im Exil in Europa für mein Land engagieren könnte. Vielleicht wäre es ja möglich, von dort aus für meine Mitmenschen etwas tun und etwas zu erreichen. So traf ich schließlich meine Entscheidung. Am Samstag, den 19. Oktober 1985, um 11 Uhr türkischer Zeit, verließ ich die Türkei.

Meine Schwester Altun (rechts) mit ihrem Mann Murat und dessen Schwester Zelxe.

Asyl in Österreich

Samstag, 19. Oktober 1985, Wien Schwechat. Ich komme aus der Türkei, wo ich alles liegen und stehen gelassen habe. Bis zum Schluss zweifle ich, habe Angst, dass ich in letzter Minute aus dem Flugzeug geholt werde, und dass man mich in Österreich nicht einreisen lassen würde. In der Ankunftshalle suche ich vergebens nach meiner Schwester Adile. Aber ich erkenne ihren Mann Dusgen, dessen Gesicht ich bis jetzt nur auf den Hochzeitsfotos gesehen habe, und Ali, der vor Jahren mit mir im Gefängnis war. Ich lerne auch Reinhard kennen. Er ist Lehrer und hat mich offiziell nach Österreich eingeladen. Meine Schwester ist in der Arbeit. Sie weiß nicht, dass ich heute komme, und so werden wir ihr eine Überraschung bereiten. Auf der Fahrt über die Autobahn bin ich sehr aufgeregt. Alles ist neu für mich. Obwohl die Sonne scheint, ist es kalt und ich friere. In der Wohnung warten wir auf meine Schwester. Endlich kommt sie nach Hause, und wir können einander nach mehr als einem Jahr wieder umarmen. Mit ihr verbinden mich viele gemeinsame Erlebnisse und Überzeugungen.

Wir sitzen und reden und reden bis zum nächsten Tag in der Früh. Wir plaudern über alte Zeiten, und ich berichte von den neuesten Entwicklungen in der Türkei. Es ist Sonntag, und wir überlegen, wie es am besten mit mir weitergehen soll. Ich will um politisches Asyl ansuchen. Ali, der im kurdischen Verein Vorstandsmitglied ist, schlägt vor, mich zur Asylstelle im 15. Bezirk in der Tannengasse zu begleiten. Am 22. Oktober gehen wir hin und ich suche um Asyl an. Von dort brachte man mich nach Traiskirchen. Es wurde eine schwierige Zeit für mich, da ich mich weder mit meinen LeidensgenossInnen noch mit dem Personal verständigen konnte. Vor dem Interview waren wir im vierten Stock, der sogenannten Quarantäne, eingesperrt! Wir konnten nicht einmal in den Garten hinaus! Zum Mittag- und Abendessen wurden wir in die Küche geführt und aßen dort unter Polizeibewachung. Nachher wurden wir wieder zurückgebracht. Das Frühstück holten wir aus der Küche und aßen es dann in der »Quarantäne«. Es gibt dort einen langen, breiten Gang, in den viele Zimmer münden. In diesen Zimmern wohnten bis zu 30 Menschen der unterschiedlichsten Nationen. Die BeamtInnen waren nicht sehr hilfsbereit, sondern unwillig und abweisend. Trotz eines deutschen Wörterbuches gelang es mir kaum, mich zu verständigen. Nachdem ich zwei Jahre lang in türkischen Gefängnissen die Hölle erlebt hatte und ihr endlich entkommen war, waren diese Verhältnisse für mich schwer zu ertragen. Ich hatte mir eine andere Vorstellung von Österreich, einem demokratischen, europäischen Land gemacht. Nach zwei Wochen fand endlich das Interview mit Hilfe einer Türkischdolmetscherin statt. Mein Wunsch nach einem kurdischsprachigen Dolmetscher wurde abgelehnt. In diesem Interview wollte die Fremdenpolizei jedes kleinste Detail aus meinem Leben in der Türkei wissen. Obwohl ich die Fakten klar darlegte, schien man mir nicht zu glauben, und mein Leidensweg interessierte niemanden. Man wollte Dokumente als Beweisstücke, und ich wurde wütend. Ich fragte, ob sie es für realistisch hielten, dass man alle Unterlagen habe könnte, wenn man aus einem Land, in dem man verfolgt wird, flieht. Trotzdem blieb ich äußerlich ruhig und versuchte mich zu konzentrieren, um die ständig gleichen Fragen wieder und wieder zu beantworten. Viele Stunden lang wurde ich befragt. Es gab eine Mittagspause zwischen den Verhören, man nahm meine Fingerabdrücke und fotografierte mich. Obwohl man mich weder schlug noch folterte, durchlebte ich nochmals die Qualen wie in den türkischen Gefängnisse. Nach diesen Befragungen wurde ich in den ersten Stock verlegt, wo ich einen kleinen Raum mit drei Männern teilte. Am gleichen Tag bekam ich eine Lagerkarte und das Recht, zu den Ausgangszeiten das Lager zu verlassen. So konnte ich nach zwei Wochen endlich ausgehen. Ich besuchte meine Schwester und freute mich, wieder mit jemandem reden zu können. Drei Tage danach meldete ich mich in Traiskirchen ab und bei meiner Schwester an. Bei allen Amtswegen halfen mir FreundInnen vom kurdischen Verein. Jetzt wollte ich Deutsch lernen. Aber zu meiner Überraschung gab es keinen Deutschkurs für AsylwerberInnen, und an der Universität konnte ich nicht immatrikulieren, weil ich Asylwerber war!

Dem kurdischen Verein gelang es, im Frühjahr 1986 einen Deutschkurs zu organisieren. Wir waren 25 KurdInnen und wurden von einer wunderbaren Lehrerin vier Monate von Montag bis Freitag je drei Stunden unterrichtet. Mein Asylverfahren schleppte sich dahin und ich bekam nach vielen Monaten einen abschlägigen Bescheid. Ich legte Berufung ein und konnte meinen Freund Ali als Zeugen anführen, da er mit mir gemeinsam 18 Monate in Izmir im Gefängnis gesessen war. Es blieb mir nichts anderes übrig, als ohne Arbeitsgenehmigung arbeiten zu gehen. Ich malte aus und arbeitete in Lokalen als Küchenhilfe, um meine Schulden für die Bestechungsgelder für meine Ausreisedokumente aus der Türkei zurückzuzahlen. Meine Deutschkenntnisse nahmen langsam zu, und ich kaufte eine Monatskarte, um Wien von einem zum anderen Ende kennen zu lernen. Ich besuchte alle Sehenswürdigkeiten zu Fuß oder mit den öffentlichen Verkehrsmitteln.

Im Mai 1986 wurde ich vom UNHCR zu einem Interview vorgeladen. Voller Vertrauen, dass mein Asylverfahren dadurch beschleunigt werden würde, ging ich hin. Ich kam mit Ali als Dolmetscher zu einer Dame. Eigenartigerweise kannte sie einige Daten aus meiner Zeit in den türkischen Gefängnissen und blickte immer wieder in die vor ihr geöffnete Tischlade. Ich versuchte, über die Unmenschlichkeit im Gefängnis und das Grauen im Folterzentrum zu berichten, aber sie unterbrach mich immer wieder und verlangte ebenso wie die Polizei Unterlagen als Beweise. Sie sagte auch, dass ich wie ein Kassettenrekorder meine Geschichte mit allen Daten herunterleiere. Sie meinte, dass ich mir diese Geschichte ausgedacht und auswendig gelernt hätte, um zu politischem Asyl zu gelangen. Ich wurde zornig und bat meinen Freund zu übersetzen, dass sie keine Ahnung habe, wie es in Gefängnissen und Folterzentren zugeht. Diese Zeit mit all ihren Daten sei unauslöschlich in meinen Kopf eingraviert, und sie möge sich vorsehen, mir zu unterstellen, dass ich lüge. Sie schaute mich an und meinte, ich solle meine Geschichte beweisen. Ich entgegnete ihr, dass ich das tun würde. Ich beugte mich hinunter und zog Schuhe und Socken aus. Sie dachte wohl, ich suche Papiere in meiner Tasche am Boden, aber ich legte plötzlich meine nackten Füße auf den Tisch, sodass sie meine vernarbten Fußsohlen sehen konnte. Sie schreckte zurück. Ich sagte: »Dies sind meine Beweise! Schicken sie mich zum Arzt, und der wird feststellen, dass diese Narben durch Folter entstanden sind!« Sie wurde hektisch und bat mich, die Schuhe doch wieder anzuziehen. Die Tränen schossen mir in die Augen, ich zog Socken und Schuhe an, sprang auf und lief hinaus. Sie bat mich noch einmal hineinzukommen, aber ich lehnte ab. Ich ging - enttäuscht und wütend über diese Behandlung durch eine Institution, deren Aufgabe es ist, Flüchtlingen zu helfen und kam nie wieder. Ähnliches passierte mir bei Amnesty International, wo ich über das Morden und die Grausamkeiten in der Türkei berichten wollte, damit dies an die Öffentlichkeit kommt. Man empfahl mir nur, zur türkischen Beratungsstelle zu gehen und hörte mir kaum zu. Auch diese Organisation habe ich nie wieder aufgesucht.

Glücklicherweise gab es in dieser Zeit auch viel Erfreuliches. Ich besuchte die Familie meiner älteren Schwester Altun mit ihrem Mann und ihren drei Kindern Erol, Arzu und Özlem. Sie wohnten in St. Pölten, und die Kinder freuten sich, einen neuen Onkel zu haben. Ich lernte viele Menschen mit unterschiedlichstem Hintergrund kennen. Sowohl im kurdischen Verein als auch in StudentInnenheimen fand ich kurdische, türkische und österreichische FreundInnen. Es wurden leidenschaftliche politische Diskussionen geführt. Dabei tat sich oft eine Kluft zu linken türkischen StudentInnen auf, da nur sehr wenige von ihnen bereit waren, die Minderheitenrechte der KurdInnen voll anzuerkennen. Zusammen mit türkischen und irakischen KurdInnen, verstärkt durch eine Österreicherin, eine Türkin und einen Türken stellten wir eine kurdische Tanzgruppe zusammen. Wir wollten zu Newroz, dem kurdischen Frühlingsfest, im Frühjahr 1986 auftreten. Im WUK (dem Werkstätten- und Kulturhaus in Wien) übten wir drei Monate hindurch intensivst zu Zurna, der Schalmei, und Davul, der Trommel.

Für mich war das Neuland, weil ich in Kurdistan nie die Gelegenheit gehabt hatte, unsere Tänze zu tanzen. Es ist wohl sonderbar, dass ich dies in Wien das erste Mal tun konnte. Wir wurden eine flotte Gruppe, traten nach unserer Premiere zu Newroz öfters bei Festen auf und wurden sogar nach Graz eingeladen. Über Fortschritte in meinem Asylverfahren hörte ich erst Anfang August. Ich erhielt einen Termin im Innenministerium bei einer freundlichen Frau, und nach einer kurzen Besprechung, bei der Ali übersetzte, sagte sie, ich möge noch etwas Geduld haben, in etwa einem Monat würde mein Asylantrag bewilligt sein. Im September bekam ich dann tatsächlich den Bescheid, dass ich als politischer Flüchtling anerkannt worden war.

So endete dieser teilweise demütigende Abschnitt meines Aufenthaltes in Österreich in Erleichterung und Freude.

Seit 1985 lebe ich nun in Österreich und habe hier inzwischen eine Familie gegründet.

Dayê eno tu virr, roca yenebî saate amene desine
ez gurera amo - mi tore roca raverî vatbî, gurera
tepîya hevalê xu vînon - uzara tepîya yen ge.
Ez amo ge, tu rae mi pitenê - mire geber kerd ya
û tu mire vat: mûjdana mi bide mi!. mi vatke,
dayê cik vazena dan tu "lace xale tu sileman amo"
ez zaf sa bîyo.
ma pîya nistem ro - qesey kerd, hata desudıdeyne
hewn'a nêsim - tu mare vatke ; cîgeremi meşteki'
ju roca, berê hewn'a sîyeme, meste qesane xo
jubinde kem.
Adîla gede nêbeyê, sîbî diyarbekır (dı bîyê).
ma hewnê weştibim - tu ama cıla mi ser - mıra vat:
lacê mi urze ra, kutıko dorme bonê ma guruto-
hewn'ê mi nêno - sıleman ki lewe mi de bî-
oki westra, amkê sebi'.... meterse lacê mi
haq esto - ya pîre mi, ya musır bava, ya xızırê
xozat -
Lacê mi ez ne wazonke onca tu berê, cîgeramı
torê damis nedana.
Dayê tu mare vatki: ez vejîn teber, de hete
baxcıre se kon, kutık kê gîne, tu bıremı .....
tu siya teber, ma westem ra, kıncê xu guret pıra
Ipegı, xatune ebe domananê bırayê mına cime
binde hewn'de bî - memed û xatuna gıme bone
binde hewn'de bî.

des, desuponz dakka ra tepîya day geberiro,
tu şîya geber kerd ya, tu zonê kutiko nezantenê
ez westo ra amo lê tu - Ino (kutiko) tu donda
tu xu est virnıya mı - tu înanrê vatkı, mara çık
vazene endî beso, domane me tornê mı
qıjkeke hewnîdere tersenê - jûye vatkı :
muslım xoce koytero - tu vatkı muslım xoce
zafê, lacê mı mıslım gîno.
Zerê ge sımare sekêm - pêro urze ra xuser.
tu oncîya vatke : ge made toba gîno .....
Dayê, domane tu, tornê tu, veyva tu pêro
weşt ra, hot û heşt kutike, kutî werte ge yî
kınce ma, kıtave ma, gîye ma est bınê nınganê
xo - tu damîs nêda, tu marê vatkı; sıma
beveng finderê - ez nînode qeseykon.
Kutiko gose xo nida tu - kutiko wenda :
Alireza, sıleman û memed xo de bem - tu xu
est virnîya ma, ma kerdîm pe xo, kutiko rê
vatke; Ez sıma nasnekon, hen zonke sımakî
vayîre domanone, nî domane mınê. Domane
mı pe miderê, şîya miderê - bexte miderê - nîno
wera mı xode berê - domanane mı endî
retıyêde verde.
Dayê ju kutik tu gurta pê - tu zonê tırkî nızana,
So kınar mı xo est vernîyo tu karsê dakıla mı mebê
mı benê, berê - mı kes nekısto, nanê kes destıra netırt,
dijdîne nekerd.

Dakıla mı zonê xo qeşî kena, mı qeşîye dakıla xo ard zonê sıma, endî mara gık vazenê.
Dayê gîgera tu damîs nêde; lav koke sıma, cısnê sıma, cısnê kutıkano - nıka endî serra 38'tıye nîya.
Domane mı tırkîye (zonê) sıma zanê, ret verdê sımade însanîye gîna.
Dayê, mı tafala xo este tu ser - mı tore vatke, dayê meberbê, ni ma benê, ma pêro peyser emî...
- tu xu est herd !. mı bîcese, mı berê - domanane mı lacanê mı mebê.
juye mabenê inode vatke ; memed tu memura daira xukmatê gurena - tu peyser finde - tu dakıla xo bıce lê xo
Dayê meberbi, tu saba ma, marê tersêna - ez tersêna tu zaf vamkon, zerre nino mare neweseno ez tu naskon, tu vamkon !...
dayê meberbi, dayê ez ên, ez ên ....
tu marê vatene :
ma domane asmênim, ma domane jiaranêm, ma domane koenêm.
dayê ma şîya to dê bimê pîl !..........

Mein Vater in jungen Jahren

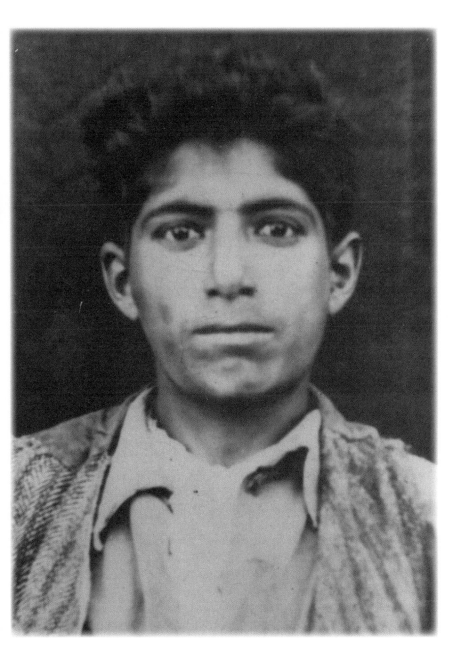

Väterliche Seite

Stammes-Name: Kırxan (Kırxo)
Haus-Name: Cê mıcê gayê

- **Ismail † ∞ Zee †**
  - Bıra
  - Seme
  - Usen

- **Seydali † ∞ Fede †**
  - Caus
  - Dewres
  - Usen

- **Mıco † ∞ Zerê †**

  - **Yılde † ∞ Hesenxeyri**
    - Erdal
    - Özdal
    - Erol
    - Gönül
    - Gülistan
    - Özcan
    - Hayret

  - **Qumo †**

  - **Mîlce ∞ Xeyder**
    - Abıdin
    - Gevık
    - Pelır
    - Amed
    - Fatma †
    - Ismail
    - Murat
    - Narê
    - Songül
    - Ibrahim

  - **Hemed ∞ Bege †**
    - Süleyman
    - Yazgülü
    - Erdoğan
    - Metin †
    - Nurten
    - Ayten
    - Erkan
    - Derya

  - **Qıle † ∞ Musır**
    - Sevli
    - Kumke
    - Yeter
    - Yaşar
    - Güler

  - **Usen ∞ Anê**
    - Hıdır
    - Mehmet
    - Ali
    - Garip
    - Imam
    - Munzur
    - Zeynel
    - Cafer
    - Mehmet-Ali
    - Soner
    - Yazgülü

  - **Hesen †**

Mütterliche Seite

Stammes-Name: Abaso
Haus-Name: Cê bavo (Cê memede musır)

- **Xemık † ∞ Xatun †**
  - Zere
  - Rayke

- **Seymuzır † ∞ Ezê †**
  - Hesen
  - Melê
  - Sıleman

- **Memede Muzır † ∞ Zeynê †**

  - **Isvan †** ∞ _____

  - **Qerıb † ∞ Besê †**
    - Hatun
    - Müslüm
    - Pule
    - Zeynep
    - Süleyman
    - Ismail
    - Nazlı
    - Namlı
    - Leyla

  - **Selbava † ∞ Zelxe**
    - Ibrahim
    - Mürvet
    - Mürşide
    - Mustafa
    - Ismail

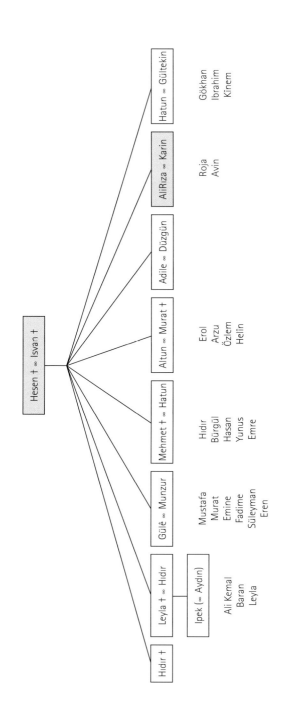

Literaturliste

Die Spiele der jungen Hähne. Verlag C.H. Beck, München 2000

Gerd Schumann, Alexander Goeb, Günay Ulutuncok: Ez Kurdim – Ich bin Kurdin. Marino Verlag München, 1992

Namo Aziz: Fremd in einem kalten Land, Kein Weg nach Hause. Herder/ ISBN 3-451-04130-8

Carla Solina: Der Weg in die Berge. Edition Nautilus Verlag / ISBN 3-89401-271-4

Isik, Haydar: Der Agha aus Dersim,1994 A1 Verlag

Die Vernichtung von Dersim: Roman / Hayhar Isik. Münster: Unrast, 2002 ISBN 3-89771-852-9

Sammlung Luchterhand Flugschrift 2, Mai 1991: Völkermord an den Kurden
Eine Dokumentation der Gesellschaft für bedrohte Völker

Hakki Cimen: Große Narren / Erzählungen. 2002, Sassafras Verlag Krefeld – ISBN 3-922690-84-X

Kaya Devrim: Meine einzige Schuld ist, als Kurdin geboren zu sein. Campus Verlag Frankfurt / New York

Mahmut Baksi, Carlsen: Ich war ein Kind in Kurdistan / ISBN 3-551-5565-7

Mahmut Baksi / Elin Clason: In der Nacht über die Berge. Verlag St. Gabriel / ISBN 3-85264-556-5

Suzan Samanci Ararat-Unrast: Schnee auf schroffen Bergen

Salim Barakat: Der eiserne Grashüpfer.1995, Lenos Verlag

Mayer, Danila: Kurdische Migration aus zentralanatolischen Dörfern nach Wien – Ein Beispiel. Ein Beitrag zur Stadtethnologie: Feldforschungen in Zentralanatolien, Ankara und Wien. 1994, Wien (Diplomarbeit)

Dorfleben

Oben: Onkel Xerib bereitet den Platz zum Dreschen vor. Im Hintergrund meine Elternhaus
Linke Seite oben: Gemeinschaftsmahl im Dorf
Linke Seite unten: Mein Bruder Mehmed (Mitte) mit Familie

Oben: Almabtrieb
Linke Seite oben: Im Dorf
Linke Seite unten: Blick vom Dorf auf die Berge

Meine Tante Yilde (zweite von links) mit ihren Familienangehörigen

Meine Großmutter Zerê

Besuch bei Onkel Selbava

Meine Mutter im Krankenhaus

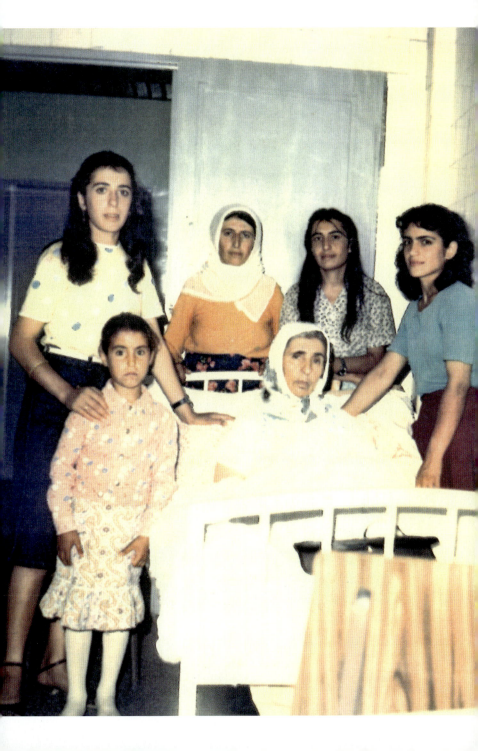

Mein Onkel Amed

Mein Onkel Usen und seine Frau Anê

Meine Tante Mîlcê und ihr Mann Heyder

Meine Großtante Cakê (Amke Cakê)

Cousine Leyla in kurdischer Tracht

Meine Neffen

Mein Onkel Xerib drischt Getreide

Geknüpfte Polster und Kelim von meiner Mutter.